落樱盈衣

林莹 著

百花洲文艺出版社
BAIHUAZHOU LITERATURE AND ART PRESS

图书在版编目（CIP）数据

落樱盈衣 / 林莹著 . —南昌：百花洲文艺出版社，2022.2
ISBN 978-7-5500-4665-8

I.①落… Ⅱ.①林… Ⅲ.①诗集—中国—当代 Ⅳ.① I227

中国版本图书馆 CIP 数据核字 (2022) 第 038004 号

落樱盈衣

林 莹 著

出 版 人	章华荣
责任编辑	胡青松
书籍设计	陆思佳
制 作	云思博雅
出版发行	百花洲文艺出版社
社 址	南昌市红谷滩区世贸路 898 号博能中心一期 A 座 20 楼
邮 编	330038
经 销	全国新华书店
印 刷	湖南省众鑫印务有限公司
开 本	710 mm×1000 mm 1/16 印张 24.5
版 次	2022 年 2 月第 1 版
印 次	2022 年 5 月第 1 次
字 数	365 千字
书 号	ISBN 978-7-5500-4665-8
定 价	68.00 元

序 言

气同兰静在春风

自古逢秋悲寂寥，我言秋日胜春朝。晴空一鹤排云上，便引诗情到碧霄。在这丹枫如火的季节，我收到了青年作家林莹即将付梓的诗稿《落樱盈衣》。翻开样稿，一种卓逸不群的气息，带着我体味古朴的窗檐白墙、寂寥的蓝天、璀璨的星子和静静的游云，感受作者笔下所细细描摹的精神世界和细腻的情感原野。

多年以来，林莹在治学的同时笔耕不辍，在报刊上发表散文、小说、杂文、通讯等文学作品数百篇，十余万字。她为人友善、真诚、侠义，她为诗清越、浪漫、孤傲，写散文清丽婉约，写策论大气严谨不让须眉，在多种文体之间切换自如、风格多变。她的散文擅长以细腻的笔触摄取人生的风景，在平淡中挖掘的诗意，表达对弱者的悲悯与同情。她在文学创作中，采用干净利落的叙述方式，把对历史的感悟、对现实的思考交汇在一起，融进自己的视野和情感，凸显出艺术视角的新颖与思维脉络的奇异，形成了多层立体、变幻多姿、色彩绚丽的文学空间，使自己的文学创作空灵而富有内涵，呈现出极富个人风格的鲜明特色。

即便如此，当林莹用这本诗集，把她近年来的诗歌创作全貌展现在我的面前，还是让我产生了不小的意外。这本诗集按主题分为马不停蹄的忧伤、早悟兰因的草木、不动声色的叙述、歌停檀板的盛放、汁水淋漓的失意、荒腔走板的选段、无以为伤的遗忘七个章节，读来雅致、清新，充盈着一个真诚的创作者心灵真诚的情愫。诗歌创作中的有效信息——包括个人文史折思和艺术审美等诸种元素的有机融汇，使得她的诗歌空间更具张力和弹性，这既是她整个写作进程中的主脉，也是她的诗歌底色和标志，更呈现出一位青年诗人走向成熟期的开阔与丰富。

这本诗集，可敬在情感。诗歌与情感向来形影不离。好的诗歌，是作者心灵深处的观照，是天生的"尤物"。它举手投足之间，所有欲说还休的感想都已达成，包括作为少数的深沉和作为多数的欢愉。"这尘世中整存整取的都是凉薄 / 如盐渍过的香椿芽。清冽的香 / 站在被时间冲刷的荒凉拥挤中 / 爆发正处于一个紧张的倒计时"（《爆发的前夜》）。诗集中的"我"，是作者纯粹的自我。意绪偶有压抑甚至感伤，但却从旁侧映现出 80 后一代、特别是女性高级知识分子普遍的心理处境，以及萦绕于她们心头的焦虑。毕竟，被动处于一个心为物役又繁华喧嚣的现代时空中，时人极其容易产生身在何处、心在何处的茫然与惶恐。然而，殊为不易的是，作者在经历沧桑、洞明世事之后，却滋生出天真与纯善，把这一切化解在对单纯的吟诵之中，使波折的人生在轻盈中吐气，在欢畅中扬眉。一个成熟的诗者并不任由无法稀释的暮色在字里行间悄然弥漫，而是张弛自己作为一个诗人的悲悯情怀。这就是林莹与她的《落樱盈衣》所给予我们的力量。

这本诗集，可赞在风格。在逻辑与文字的隐喻间，发掘个人风格。为读者展示出一道绮丽、浪漫、幽静的风景。"三千娑婆世。一曲落荻花 / 篙尖带出水藻和青泥 / 长成一支拂尘 / 万物如一梦得，一动念，一亲切 / 需要一字。一句。走一遍 / 一丛白色的茉莉花香气高调 / 让祷告流窜成音符 / 以大地为蒲席，打坐 / 在一副骨头上 / 做佛"（《做佛》）。生活的触角轻轻触摸了作者诗歌的空间，作者诗歌那瑰丽的美学神经却爬遍了生活的角落。诗集的字里行间里充盈着人性的和谐、心灵的善意和生活的无奈，读者能读到作者对生命的观照、对史事的敏感、对弱者的悲悯、从而被作者的自我审美意识深深地感染和打动。就风格而言，林莹的诗歌明快凝练，在艺术上新风格渐成，抒情赞美的真诚度，咏物思辨的多维度、融入点和警示力都给人留下深刻的印象。

这本诗集，可贵在想象。想象来自生命体验，来自生活回忆，更来自心灵深处。从根本上说，想象就是用观感为你呈现出另一种时空。"千万点阳光落在千万片绿叶上／像极了苏绣的一枚指痕／丹青流过佛像的眼睛／不敢轻易翻阅它／放牧阳光喂养大的空旷／怕一不小心／这天／就采用了灰烬的形式"（《灰烬》），寥寥数语，让我们看到了想象的细致与悠远。再如"每一个孤寂和热烈／保持着童话透明的宁静／操心笔管里流出酒精／涵养白驹过隙的禅意／在自己的两鬓落霜／蚕丝月亮般的滑行／唑唑的呼吸里／与雨声达成某项神秘交易"（《亲昵》），像这样的有穿透力的想象之笔，在书中不胜枚举，许多诗作想象丰富奇特，比喻恰到好处让人拍案。所以，阅读林莹的诗，与其说我在读她细腻而富有张力的想象，倒不如说她的这些有质感的字词、有韵律的意象、有穿透力的句子，在寂静无声的夜晚读起来，即使表面伴装无事，睫毛却总能外泄出读者内心深处的震颤。

这本诗集，可佩在坚守。在诗集中，我还读到了林莹作为一位青年诗人对现实的理解以及对纯文学信仰般的坚守。她用忽长忽短的梦幻和喜悦，反反复复刷新自己的叹息，让情感努力去塑造生命的春天。如"澄澈的自由。洒落如雨的蝉／丰盈的蓝。素影，无争／麦子的香味越来越淡／盛开的花朵缓慢无声"（《厮磨》）。她用真诚灵性的笔触，写出那一份遥远的清贫、那一片正盛的风华，抚摸那一杯宣誓的泥土、那一种长眠的音域，采撷那一缕缪斯的青烟、那一星古典的光辉。再如"1953 年的贝克特正在等待戈多的出现／用抽打骆驼的鞭子抽打华丽的诗句／在街市明明灭灭的灯火里／如一幅尖细而繁茂的套色木刻／我的双手可触之处绝无神圣／但别人上面一定有神灵在诵经"（《诵经》）。也只有这样纯粹的情感克制，才有神性的东西蛰伏其中。正是基于对纯文学的坚守，她的诗歌才如一朵清幽的茉莉，在文学的土壤里扎下灵性的根须，开出馨香的花朵，并在当代诗歌的书写领域，走出了一条独属于自己的道路。

我无法在这本《落樱盈衣》的满目琳琅中推举出哪首诗最好，因为诗是最美的艺术之一，最美的艺术是可以感觉却无法言说的。我找出的只是《落樱盈衣》

中显见的几条路径。至于较为隐蔽的路径以及路边隐藏的秘密，以及那些时光里的唯美诗意，则需要读者自己去发现这位青年诗人的作品里，那一种闪耀的精神。诗人是美与优雅的发现者，是生命力量的推崇者，又是遇见光明的颂歌者。像林莹这样耐得住寂寞的人，才能认真思考，认真写作，写出别人心中有而笔下无的作品来。

是为序。

欧阳友权

2021 年 11 月 6 日于中南大学

欧阳友权，中南大学文学与新闻传播学院二级教授，博士生导师，湖南省作家协会名誉主席，中国作协网络文学委员会副主任，中国文艺评论家协会网络文艺委员会副主任，中国文艺理论学会网络文学研究分会会长，中国文联网络文艺智库专家委员会委员，澳门文化产业研究所所长，全国毛泽东文艺思想研究会副会长，中国文艺理论研究会常务理事，湖南省网络文学研究会会长，湖南省文艺评论家协会副主席，湖南作家研究中心主任，第八届、第九届、第十届茅盾文学奖评委。

音乐总是盛开在最沉寂的时刻。

梦想总是绽放在最孤独的地方。

生命总是活在最荒芜的感受中。

这一生我们注定要做这样的事：

走近，走进，再走近，再走进，

用指甲在墙上抠出渗血的月牙。

哪怕是为了那全然无望的凝视。

林 莹 清华大学人文学院博士生，副研究员。80后作家，诗人，青年学者。福建省作家协会会员，福建省口才与演讲协会常务理事，在全国各大报刊上发表文学作品数百篇。

CONTENTS

/

目 录

马不停蹄的忧伤

早悟兰因的草木

不动声色的叙述

歌停檀板的盛放

汁水淋漓的失意

荒腔走板的选段

无以为伤的遗忘

chapter 1

/

马不停蹄的忧伤

燕窝

煲好一泓明净温柔低婉
晶莹剔透的逆光
人间富贵花
怕爱人悄悄在外
筑着新家
卖燕窝的微商
一点一点攒着散碎银两
购买大小不一的钥匙
换取或新或旧的飘窗
为孩子的课本
筑着新家
南洋的洞穴里
挣命归来的金丝燕
还在最后那根檩木下
一口一口吐着血
傻傻地
筑着新家

黑白

有些黑是夜的

有些黑是漆的

有些黑，是整个屋子的

比纱帽还伸手不见五指

有些白是洗白的

有些白是染白的

有些白，是质地白

月亮给生漆家具错穿上一身白衣

芝麻给牛奶沸腾里加上一行油腻

黑与白

共拥有一页风调雨顺的日历

隔着若即若离的距离

被黑白构建的那些静物

妍晚如花

不离不弃

燃烧

穿透梦的壁障

浸染夜的安宁

豆芽菜的字母或豆腐块的方正

瘸子似的句法和生硬的韵脚里

思想和记忆冷冷地燃烧

在用错的每一个标点里

在每一次分行的回车中

在厚卷的清冷中萌芽出

更新更冷的清冷

有人说，写作是燃烧

我才想起小时候

化学老师骗我说

燃烧

都是发光发热的

白粥

砂锅里煮着白粥

慢熬是一种态度

生灵都是时光的羔羊

多少开心是因为模糊

在段落间认真寻找驿站

萌生暖意

把微信末页当作感情归宿

烟火葱茏

那条高铁铁轨

像是春天

写给自己的一张张留言条

反正，房间高度只有三米

反正，飞机不会飞过萤火虫

鼠标

鼠标在屏幕里耕耘

用孤单敲打着键盘

声音浓稠如一碗失效的毒药

迷途者被耳麦压缩在微笑里

那些在烧酒中冒泡的

隐疾，不堪，寂寞的呜咽

无法把湖光水色拉长

盛不下一杯残缺的泪

却还在想见微知著

能留下一朵花

浅淡的模样

同春天的星月一起醒来

收割

庆幸风来自远方

不清楚雪的过往

稀落的晨星给我长昼

铜钱上的锈绿成一汪翡翠

铁罐上的锈红出几瓣桃花

炫目的露珠轻吻着嫩草叶

消失了天空那酥软的胸脯

亲狂甜蜜且归短夜

呼吸着欢欣与忧愁

世人一次次

拿着语言的刀

收割着温柔的情怀

诗集上所有的山南水北

翻到末章都是各奔东西

原子

听说，原子不会湮灭
俗气的黄金都是
远古垂死的恒星
留给未来的余晖
七岁和十七岁之间只有十年
十七岁和三十七岁之间却有一生
好在原子并不会湮灭
百年后，十亿年与百亿年等长
意识消散，氧化成风
变成同一个水龙下两颗相邻的泡沫
变成同一柄扫帚下两粒依偎的尘埃
好在原子并不会湮灭
六十五万个小时后
祝世界继续热闹
祝我仍然是我

光线不足

住在底层
白天永远开灯
像极了困窘的萤火虫
对面的高楼耸立在天的双脚之间
高楼之顶的你想听我孱弱的足音
我渴望你寥寥的慰语
底层光亮不足
梯子不用于人们之间的通达
梯子是扭曲了的生活的精致化
双手潇洒的举动起来
让梦幻着陆。行动充盈
有力量
看，渐光线悄悄地镶在窗檐白墙
在我们面前
寂寥的蓝天
璀璨的星。游云

袈裟

戴着新的僧伽帽怀旧

徒劳搓着上瓷的菩提子

梵音入耳

期冀每个圆满

却在每个细节夺路而逃

放逐了斜阳

无辜的路灯

却替它亮了一夜

纸钱焚毁后的焚灰

在回归与重生之间徘徊

走进你的眼睑

松散的铜线

缥缈地平线

忐忐忑忑地歌唱着

袈裟的尊严

灰烬

春寒从门窗渗入大殿中央

瞌睡骤然变得香醇

骨头已然枯槁

像沙砾一样粗糙

偶然踩上一只蚂蚁的悲剧

从此懂得放轻了脚步

忘掉所有曾经亲历的艰辛

千万点阳光落在千万片绿叶上

像极了苏绣的一枚指痕

丹青流过佛像的眼睛

不敢轻易翻阅它

放牧阳光喂养大的空旷

怕一不小心

这天

就采用了灰烬的形式

潜伏

闪电行吟的一个独韵

裸露在西窗的半截诗笺

跌宕、犀利，迂回中揭题

从铡刀的刃边长出娇美的叶片

红了胭脂，瘦了锁骨

玫瑰填补不了裂缝

被岁月惩罚的天真仍旧天真

除了天真一无所有

除了世故一无所求

一敲键盘，2021 年的太阳

焚作花开半夏的烟火

前面的楼梯都静默着

多么适合我来日的潜伏

盂兰盆节的前夜

夜晚是别人的电视和鼾声
脑室空旷已覆没爱过和恨过的
台灯用一束光亮
扯紧我要跨出的脚步
往上拽自己头发
并不能让双脚离开地面
盂兰盆节的前夜
睡眠是最好的消遣
断断续续的文字
苍白如飘洒的纸钱
灯光渐渐暗了
窗外的曙色慢慢地走
磨损的书桌前
白天还是白天

彼岸

海鸥碰疼了一缕视线
成千的海葵无限延伸
寂寞在鹅颈藤壶里等了多年
躁动成惊悚的呼号
万顷碧波都是海月水母的指尖
在水天间惊起诗句一行
牡蛎依旧嶙峋着日子
拽着声嘶力竭的声线
疲惫的浪花
在奔波中耗尽了自己
彼岸，就是隔着虚空一起
彼此对望、对峙、神秘、吸引、排斥
阅读贝壳、枯骨、蓝眼泪和腐烂烦恼
慢慢看淡一切
也被一切看淡

佛龛

佛龛前没完没了燃烧的节日
恍若着装稀少的唐卡
之间有着漫长的月光，以及
思想枯黄的芦苇
有懵懂无求的未来在挖一个坑
有夕阳提着一湖晚归的忧愁
有遍地的尘土在飞奔
有滚落的伤在无人心疼
任凭黎明起身的青鸟欢腾
任凭周围的人出门
任凭心里的那个人吹灯
升腾起的幽冥水烟
远影里是一纸清词，春花

夜间

星斗，细数闪光的流年
黑树枝用意念抓住蓝天
发黄的相册澄澈出亲人的面庞
强烈的纤维感占据舌尖
不忍再看岁月得意忘形的脸
荧屏里陨落的各种角色
琢磨不出能在尘世不朽的表情
风搂着洗过的衣服跳起舞
夜在光眼里也是哲学的存在
不戴老花镜也能看到时间
手机的亮光隐灭
轻附上淡墨的烟
疏狂了一朵蓦然老去的雪花
取悦了自己
暧昧了诗行

诗歌的骨头

土坷垃才开始了呼吸
又被沉入了冰湖
有人说，全世界的诗歌
早已步入死亡通道了
夜夜往而不返的误读
许多疑问都生锈了
嚼几行文字
试试能不能撕碎烦闷
不用今天抄写昨天
不用明天抄写今天
风吹得我的骨头嗡嗡作响
继续活着，治疗冻伤和刀伤
心香胜过药香

春烟

杨柳醉倒在了春烟的怀抱
猫一样卧着黄昏
头发的罅隙种满了罂粟
沉湎于钙化的美学
翠竹收到预料中的眷念
堤岸的桃花一夜凋谢
安谧如死的睡莲
身后，星星般碎了寂寞
痛苦在身体里荒芜纠缠
仍有明晃晃的词语潮湿
若有情绪小兽遍体鳞伤
似有惆怅白药反复涂抹
犹有失落的空瓶的留白

沙漠

沉寂囤积在放弃了的旅途
历史是一盘苦行的沙漠
书房和卧室是并肩而行的骆驼
向世界的边缘弯曲
一起领取空气的豢养
在别人的戏里，进进出出
太阳打卡似的光临南窗
那些学养
早在岁月深处修炼成江湖
繁华的边际
人生正在打马而过
悲与欢，都不拥挤

声线

孤独很多时候会伪装成一个庇护者
在空无中牵起还在迟疑的手指
一层层地蜕去身上的茧
不允许有半点缝隙和任意空间
正在生成的世界容纳不下一眼忠贞
黑夜潜藏在白昼的边角
从肋骨看过去有倾斜之美
教堂的钟声振聋发聩的惊醒命运
向那来不及预想的未来扬起粗暴的尘埃
头顶忽明忽暗的苍天
如同你不再明亮的眼
映入夜空浅蓝的星灯
转来转去都成为漂泊灵魂的祭品
伟大是生长在喉咙里的布偶
青衣浸深水的颜色，婉转声线

老牛

送别迂阔的一江春水
体面早就一塌糊涂
舞动廉价的汗水
牺牲一百回后悔
在自己荒凉的坟头鞠躬或匍匐
在别人控制的范围里颠沛流离
学会欣赏属于别人的欢呼
学会关爱嗷嗷待哺的虚荣
惆怅于那走不通小路
以及幸灾乐祸的太阳
清清白白地刷亮承重的屋梁
用最后一堆废纸点燃的节气
来致敬我们无法轮回的世间

洄游

把薄凉的语言在成型前嚼碎

从自设的空虚里走下来

从向通透的方向

走进充实的风箱

围捕的城墙明白妥协的理由

烟熏的夜色在慢慢靠拢

怠慢慵倦的心情千回百转

人间、时空、界点，还有轻浅的呼吸

三千烦恼丝一刻也安静不下来

错失记忆的恍惚中在洄游

一帧一帧移动的画面

趁着拂晓的时辰

从最卑微的尘埃中展开

沉浮的思绪如翻不过去的江湖

有隐喻在流动

时间由此松散

被萨克斯喊醒

芝麻调配白糖就可以香到骨子里去

请柬

一朵朵早樱在旁白中莞尔

一串串呓语在星星间攒动

一钩湖畔杏枝梢头的明月

一枝清淡几许

一枝娇红七分

一片瓷实的黑暗，在明媚里读书

寻找灵犀，抄送微妙

一片水润的青花

仔细描绘落叶的悲哀

一段假寐的时光

会在哪一朵花上化蝶

一卷竹简像大地的阴阳眼睛

以颜色周而复始地淘洗沧桑和灵魂

茶杯里一汪黄昏

蹀躞一幕幕寒暑

递上，最后一张请柬

巫祝

一只顺着灯影踟蹰的黑猫子孓苍凉

一缕残阳蜷缩在填充幻想的寒冷

一道招魂幡无法梳理一夜颤抖的白头

一盏油灯为匆匆的日子写浅浅的词

记忆角落的蓬门

木质的悲伤散开

把它分给每一扇期待的纱窗

梦幻着无数轻盈

灵动了多少灵魂

料峭的骨感物语摊破了尘世

或直抵人心或向着骨缝

预言兴衰、凶吉、硬质与腐蚀

咒语只可以壮胆，不要去想谁都听得懂

火焰上飞走了一个岁月的骨灰匣子

石头长成了墓碑的模样

寻找灵魂穿越隧道那端的刹那亮光

孤独

孤独本身并不孤独

找出绿豆般大的一堆寂寞

磨成糊浆缓慢清洗着心中的柔软

路上的影子常常碰着影子

心里生出一朵又一朵的莲花

再把清冷的月光哭瘦

风的脆弱和笛音的遥远

被童年捅掉的低处的巢

在记忆里闪着淡蓝色的光

黄昏的颜色掠过迟到的花苞

将春雨切片裁条，用绿装裱

可以俯向尘埃也可以爬过纪念碑的尖顶

可以这样去旁白历史

可以这样去告白人生

丰盛

磷火一颗一颗点亮坟场的夜晚
与明亮和幽暗的灵魂交谈
刨根问底，问出了个意见领袖
君子如玉的温润
就是用一张脸
去打另一张脸
易容有术就无须端着骨架子
往枪膛偷偷装上一颗子弹
在未来再换只老虎脑
把猫全部吃掉
关键的极少数
豪爽地挥霍着绝大多数的生命
靠着文字的契合墨染
历史，终于一天天丰盛

问号

在这个适宜撒盐的季节里
每个赤红的瞳孔孜孜以求
为春天战死的遗骸
绵延不断的累积
长成了像一滴血的胎记
一副副幽怨至深的表情
落下那不敢诋毁的灰烬
对于弱小
大自然并没有长出一双分辨的眼睛
喉咙里迸出的诗句飘散在风的旋涡里
锃亮的下颚光洁
唏嘘在绽放的血色中蔓延
一杆沾染了自己鲜血的长矛
舞出一个又一个锋利的问号

预测

荷尔德林从黑暗里探出上半身

海德格尔从帝国的坟场认出带血的刀剑

不会放过任何一位擅自闯入神殿的冒险家

那个叫尼采的大男孩

装上胡子却壮怀激烈

与谁飘扬一场芭蕾，或者探戈

夫琅和费拉下面具

消失在茫茫的光谱里

周围只存在亡灵与天牛

在历史里你无法预测

一个人和一只狗的明天

就像你无法预知德拉克洛瓦哪一天马失前蹄

而今，每一天都是 9012 的元年

每一种教义

在哪里演绎千年不朽

哪里就有回敬的耳光

冥灯

炉火很旺，人为酿制的穷愁已泛开酒花
每滴泪珠都看似情深义重
引来稗草和众穗子们前仆后继的嗔怨
要点燃我的血。凝成别人的名字
如果不够，那就还想
加上下一个轮回
仁慈骄横地抖落一地桃花
整片宇宙都听见翅膀的呼啸
记忆在七魄失散的地方聚拢
抱着那把垂死的吉他
灵魂里闪烁的灯
照着太阳够不到的地方
牵着醉醺醺的春天
推着涌着向清明奔去

洗白

原上的桃花昨日开完
一钩弯月挂在视野之外
匆匆嗅过的路边野菊
一串青芒果
挂在室外的窗棂上
剔尽心灵里残存的眷念
梦里一个出嫁的新娘子悬梁
有一根镀铜的绳子是真实的
像紫袍玉带。像龙沙宝石
洗白。守灵的深夜。头顶繁星满天
随意散落在每条江河之上
就是无奈岁月中的一次超然
炸弹有炸弹的归宿
没有什么能被死亡真正修订

谢绝访问

月光是包扎伤痕的纱巾
逝去的心还在回复未来一抹温情
只要怀抱虚伪地打开
再假的姿态也会有一个明媚的格局
无尽的阡陌上薄岚流动
一斑幽冥之光，曳着彗星的尾翼
寂寞的灵魂被刹那间的绝望敲醒
将幽怨结成的发霉梅子
有芽的烂红豆
一起埋进湿漉漉的谷雨
打开了春天的窗户
把孤独清除
成为一颗自我发光的星球
谢绝访问

暮年的桥

让我静静地走上暮年的桥
用眉头迎进空无一物的前方
时间的荆棘与繁花适时凋败
蜷缩的身体。被一个个深渊撕裂
就像是一场既定的告别
忍不住地伸出手指
轻轻触摸孤独的形状
明亮的忧伤鞭打着我
用七魄喂养的暗夜
寂静是此时的主唱
灵魂的嫁接无坚不摧
被暗吞噬的锈红裹上厚厚一层
晚香玉掐尖要强的香气
是这个夜晚被摁灭的最后一盏灯

手心冰凉

夕阳把爱做成橘黄色
万物空洞而温柔敦厚
涂抹。埃及艳后的诱惑里显现
旖旎。落到了地板上微笑
只穿一种颜色的衣服
一起唱歌，一起哭泣
熠熠生辉才是我们想要的感觉
爱抚过去了。那一阵阵风
手心冰凉。松开没有感情的硬币
躺着把脸别在了记忆的缝隙里
解释一下虚弱湖面
江南那株蓝色的丁香不说话
透明的月桂诅咒时间崩成碎末
为你写诗的人心里种着月亮

蝴蝶没有曾经

纸页里苍白的岁月

在所谓的经典上静坐

这台历的夹缝中

纬度里存在静默的相遇

修来生不如修自己的余生

被狰狞围剿，被成见围殴

恭喜。那说明你即将成为人物

在那徐徐而来的清明雨上

深蹲，重新穿好压箱底的嫁妆

把每个人送上路灯架展览

千年后，一块无辜的斑驳

祥林嫂一样替他们诉苦

一地闪光的废话

守口如瓶蝴蝶谜一样的曾经

歉收与签收

每年每月的每一天

我都歉收好几箩筐焦虑

柠檬色的月亮

骑在悬铃木的枝丫上

正在上吊的女人

以及死在沙滩上的鲸

盛开着回眸的凋零

捕捉原始影像的迷离

正以没落的方式窃取诗意，以及梦境

每年每月的每一天

我都签收好几箩筐焦虑

像那被垦荒者的更年期吓唬的月亮

独自面对波光潋滟的大海。两三个窗台

搁置在桌上廉价脆弱的一片苍白

灯光镌刻青烟般的薄影

边讨生计边层层叠叠地领悟

再来一杯

昨夜的星星

做佛

在明月的空缺处
在竹简的虫洞里
雾幔。渗出一晕血月
一抔厚重，焚歪了自挂的东南枝
一记悔悟，不过从飞檐跌入放生池
三千娑婆世。一曲落荻花
篙尖带出水藻和青泥
长成一支拂尘
万物如一梦得，一动念，一亲切
需要一字。一句。走一遍
一丛白色的茉莉花香气高调
让祷告流窜成音符
以大地为蒲席，打坐
在一副骨头上做佛

磷火的椭圆

那枚悬停在枝丫的椭圆
附上细碎的磷火
蛛网缠绕的故事打开
朱门虚掩
容颜开始分崩离析
沉淀的茶根和萤火的烟头多疑
骨子里有些东西水土不服
靠着聆听壮志未酬的仄仄平平
才勉强找到共性
所有的奔波都折回原地
只有孔方兄才最贴心
体贴地替我删掉梦删掉神和偈语
删掉一页页贝叶经铸造的仇恨
把经年的余毒一点点逼出体外

颜色

走你走过的路

发出过鲜艳的杂音

明暗之间，寂寞的蛇开始蜿蜒

当性格成为一个危险的贬义词

把沙子磨成药粉，把酒锻成铁

用于修补背上的昆虫翅膀，梦中的宗教

盛开的野花。以及还魂的露水

陪着青海的翠青。坐了一会儿

深夜的叹息穿透月色

入定的莲，轻晃了一下身子

逐时逐笔地整理

一种冷艳的疼

对形形色色的人

报以同样的颜色

沙弥的眼泪

摔进禅室的月光是没有血色的惨白
把彻夜的死寂夯在青砖的墙上
蒲团从凌乱的破洞出生
蜷缩在供桌和壁龛之间
期期艾艾里
弄醒了被遥远唱诵的经文
过客们擅用的唏嘘和尖叫
被香灰粉刷。被木鱼敲空
在沙弥稚嫩的胃里反刍
只剩一堆斜挂眼角的鱼尾
决堤一场发自泪腺的山洪
天空为什么死也要端着
支支吾吾蹉跎成一饼老茶
脆弱地缝补着人性黝黑的光头

跋涉

暮雨在一丝一丝的时间里吞噬泪流
数不清的光点将天空钉在水洼上
莲瓣兰和忘忧草的嫩芽
轻抚空堂溢满浮尘的格栅
清静，依稀可数的橙黄
如果濒死的玫瑰会抬眸说话
蝴蝶夫人公证的遗言会是什么呢
抒情内部的构筑物
错过了月华的回流
却嗅到普洱的浪漫
总能不假思索。像是一处深渊
浮生深处的幸存碎语
正在向黎明苦苦跋涉

爆发的前夜

夜肆无忌惮伸展空旷的腰肢
琴费士在手中来回调换位置
红杏的口音吹破折旧的报纸
所有饱满的表情都相应的瘪了下去
腮红抬着百万春风
抵达心底发霉的森林
每道灯影都争相探长手臂。颤音恣意
目光倾城，亲手撕裂太阳
这尘世中整存整取的都是凉薄
如盐渍过的香椿芽。清冽的香
站在被时间冲刷的荒凉拥挤中
爆发正处于一个紧张的倒计时

看见

一只夜鹭挂在月亮下
丝瓜清清浅浅地开着
路灯散发着甜酒的香气
天空已经铺好宣纸
荷风开始栖上暮色
长长的影子那头是古代
听见呦呦鹿鸣
看见灵魂画手
看见梧桐翠绿
看见细雨温柔
看见懵懂天真的人
跑过无人雨巷
看见散着糯香的豆沙粽
一袭青裙含笑走出来
猜着桑麻尚未注册的运气

七夕

鹊桥端起一碗毒月光
喂饱孔雀翎的梁祝
煮成了晶莹的只言片语
喂出孔雀翎的梁祝舞
抵达午夜催醒兰花
蝙蝠抽出肺腑里的墨色
做夜行者最珍贵的遇见和支撑
带血的曼珠沙华摇摇晃晃
早早把心给全额抵押出去
顺着目光从奈何桥那里过来了
被背叛的人坐在树梢
像一只落单的小猴子
屠刀只是看了看你
就开始丰满了

躺平

我们吃，我们喝。我们睡出理想

白色卷毛狗。以及一张烧糊逐渐变黑了的烙饼

捏揉着朱红酒曲

割裂光华，佐证活着的感觉

一左一右，有两只小鸡啄米。偶尔蹦迪

不想总活成别人的道具

人生就只剩下了死亡

还有星光此起彼伏的呼应

高华的诗章下

哪个清晨，尸骨滋养的柴禾会被人重新拾起

我们之所以躺平

全是因为别人躺赢

下一个轮回

手腕上扎一根红头绳

那头连着财神

狠狠打个死结

丢失的世界

在素描里荡秋千的人钻进了虫草
月光没有边际
燥热的蝉声和湿润的蛙鸣
不复存在的建筑系
白纸摊开
附着在你少女的面庞
散发深不可测的魅力
雨水滴答如针
不时划过暗示的痕迹
台阶深处的墨绿
层递着沁骨的凉意
去哪里能找到被自己弄丢的世界啊
去岁诗中的那只蟋蟀
还在捕捉一只淘气的流星

道别

一片月光谢了

一只手放下了

一个人在夜里坐着。连同他的虚伪

一个人的疲倦里有棱角锋利的悲喜

一个写诗的偏执狂

安静已久，用黑夜做游离的面具

一场无效的雨下着

一个人在发抖。大片盛开踯躅的花朵

一絮木棉落在我的伤口

一只无状的果蝇在叹息

大树上那枚骄傲的桃子

不留一处虫点

高高托起月亮

与桃花道别多次

生活的锁骨

万物在暗疾中发着低烧
一枚患了肺结核的月亮
保守关于每一滴血液的秘密
尘世上。旧的苍茫消隐
大音。大象。浸入纸的喻体
低头弯腰轻轻退去丝袜
在栅栏里实验我的词汇
在生活的锁骨上
磨出日月星辰
磨出千沟万壑
磨出尘世应有的皱褶
柔软的笙箫吻舐额头
被丢弃在野蛮的荒原
被死神筑成最后的坟
请抱紧。争分夺秒地爱自己

不成对的象

星子隐到更远的深空

夜色局促

慌乱浓得恰好

抹去炊烟还有羊群

夏雨吻过的山色

飘浮着绰约的幽寂

孤独久了，巨石的苔藓都有了仙气

叹息里那丝丝金属的忧郁

酿了一个千年的月亮

微微抬手

执念和幻梦，都在轻轻地颤抖

徒劳地翻过自己的一页

帮助那些不成对的象

锁住镜子里的春天

人间半盏

野兽睡着了

婴儿开始吸奶

剖开躯体

把自己交到文字手上

冷眼着宴席开始

跪拜被黑暗蹂躏的眼光

默念献祭的表白

上演寒鸦和刻骨，伤寒与死去

沉重的灵魂散发出乌黑唾沫

每线阳光都是一领奢侈的黄袍

每个夜晚都是一种向死而生的模糊

就着酸梅子。吃人间半盏浅薄

隐晦地说起秘密

等人读出

我的情绪如此坚定地生长

我的情绪如此坚定地生长
在陌生的时间里诞生
在陌生的时间里死去
死在廉价的梅林午餐肉罐头
那金色的马口铁上
被偷窃的时光
永不结束的巡演
在别人的指缝里
使劲拍打生活的水花
把吸睛无数的左顾右盼
镶嵌在诗的每个音符上
经历清明节所有的绽放
我自觉地履行懦弱与退让
那些转身时淡淡的忧伤
洒在被一夜的梦揉皱的棉褥上

陌生

地藏王菩萨警惕的调养细微不适
躯体就被一遍遍重塑金身
金箔的灰烬给人慰藉
让人恐惧
圣光加持的器物在行走
如风吹过
没有颜色的行程
荷风。开始栖上暮色
永不越狱的南冠草
躺在生命的终点
不长。不短。不喜。不悲
更不用刻意养一群鸟类
来测量人心的高度
这人世间所有的相逢必定来自足够的陌生

鸩酒的兴趣

月光漫过头顶
整个天空在肿胀充血
巨型蘑菇依旧疯长
一只扑赶火海的蝴蝶
一头扎进岁月的房间
缠绵袭进缠绵的纬帐
一些灰白色啃噬肉体里的隐秘
感受着平缓、沉稳一寸寸传递
一粒饥渴的盐
不易觉察地溶解
一杯甜蜜的鸩酒
在月光下飘浮起妖媚的蓝雾
轻抚一朵罂粟
对一根刺表现出莫大的兴趣

燃尽的天色

流年尚好。南开的窗子
想起蓝色的文字。和
那朵偷放的七里香
隔着自己的一缕白发
把年少时挥霍的时光
压缩在中年的深夜
散养的星辰
一半给梦，一半给回忆
赊一炷香，凝视点火
一杯清茶煮沸了茫茫世界
坠落下来的是流淌的琥珀
一转首。半本诗经
在月光里喁喁细语
像极了逐渐燃尽的天色

把我的影子压在身下

没有月光端上的洁白早餐

没有炊烟与远山闲闲饮酒

没有浅香轻挽着风的词句

没有指间的琥珀夜以继日

没有大幅留白的一帧梦境

没有黎明驱散暗夜的繁茂

没有人勇敢地成为新的雕塑

没有人去为幼稚与童真正名

没有盛开的手掌接住这世间遗落的花

没有余生可以清晰触摸的回忆和温度

没有天空来惩罚大地的渎职

没有勇气仰望任何一个苹果

所有面壁多年的风霜

都被别人带回去烹茶

chapter 2
/
早悟兰因的草木

所有的桃花开了

所有的桃花开了
最后的一朵桃花开了
树依旧站着
雨滴落下邂逅的印迹
笔在懒睡里孵化着诗
任窗帘卷起。在墙与墙间
凝望窗外的磷火不熄
活着。像旧墨汁
一天比一天黏稠
青山举杯的时候
说。杜鹃的血在山隅里染红一片
那荒坟里
立着谁的墓志铭

紫玉兰

水汽缭绕的海蜃里
貌似精致的象牙塔
粗糙守不住灵魂的回音
书以神的样子安然宁静
暧昧的时辰
雨水在石阶上凿出的窟窿
阳光不忘布施金色的预言
黎明赶着黄昏
黄昏追着黎明
月亮与流水的影子
雪和梦进去了文字
紫色玉兰的枝头
累累的蓓蕾
一步一韵

迎春

风领着稻花香走进村庄
掬起了草芽的芬芳
暗夜才要漫过山冈
只一个吻
迎春就探出生命的鹅黄
在霞光的凝香中伸展
为一座村庄祈祷烟火
交出它清谧的葱茏
交出它灿烂的金黄
白天盛开的所有张狂
随着渐浓的夜色
一点点地胆怯起来
惊蛰把它的色彩
悄悄卖出了高价

板栗

茂密青翠的绿叶
不知不觉中开始贫血
落地，薄吻泥土的温存
等松鼠青涩的脚步跑过
琥珀美丽的双眼
再次被赭石的果实诱惑
一个毫无温度的反弹
板栗就从凄艳处
裂开紧缩的依恋
下一秒就将站成雾凇
映照深秋背后那些墙壁

春誓

老南窗慢慢咀嚼羊蹄甲
木瓜树肥肥的绿
绿萝把揪心的碧色高高举起
覆盆子的醇香还在唇齿间流淌
槲寄生被目光一鞭子甩到了高处
松针轻锥着泉眼
弹出苍耳依偎柳梢时的柔情
睡了一冬的豆芽开出了牡丹花
露珠长着石蛙的大眼睛
蒲公英在空中摇坠散落各地
六七步吟哞，八九树成阕
在桃花含蓄成青果时
宣誓

牵牛花

互相伸出惜怜的枝蔓

水韵一般于漾漾里抟散起伏

宛如抒情的旋律，优雅舒缓

沿途的树木石头们光着裸睡着

路过风邮寄来的免费的凉热

没有丽人垂顾的牵牛花

柔弱地匍匐在低处

看清楚每一张脸的尘世沧桑

从此不再，望眼欲穿

绑住了千年的一世清欢

定定地向上

抄了世界和世俗的后路

用憧憬，把本就是自己的圆口袋

撑得满满

爬墙虎

飞上爬满岁月的窗台

只从中撷一点点精华

其他的，全送给春阳

一些视线企图跳出文字

沿着山的魅力和荣耀靠岸

尊严可以一躬到地

任沧桑拾级而上

明月般的脸庞

早就埋入村头那口井梁

镜子早就放跑了青春

青橘自顾自地领取一抹金黄

路过花朵打开的轮回

倚着夏的臂弯

荡出你的嫣然

黄泥笋

远离没有灵魂的城市

星光堆积成一个山丘

踩着薄薄的残雪

吸纳着层层清凉

粗糙尖锐的外壳

包含春天的岁月

天窗已渐渐地打开

隐隐的浅绿未绽眉眼

不到阑珊不肯入梦

上桌的绵甜

卡在它徒手种植的牙缝里

如情人那一首战栗的抒情诗

从春的舌尖传递到我的舌尖

灌木

等来南归乳燕的呢喃

等来润泽春雨的幽兰

灌木穿好长裙

便开始了盲目芬芳

丛生的泥蒿扑鼻入心的辛香

在光合作用里最精准的对接

吊诡的苍穹

以千山暮雪回应

发明各种公式

掠夺她的轨迹

恰巧万般流转的歌谣低徊

隔着一朵碧桃的焦距

笑靥一如罂粟花

凤冠霞帔，备好奁妆

台阁梅

舞蝶跌眸中

邀繁星遨游

台阁梅的芬芳淹没在西湖畔

梨山上的银河

共酿一杯岁月

少许的花瓣端起鸟鸣和溪流

在枯萎、凋零、飘逝里落寞

在孕育、重生、繁荣中相拥

绿意一嫁给了春风

就与那条黑色的生物链，同出一辙

读给一个个红颜知己

重复着诗情画意

转瞬即逝的奢华

最终

不肯透露晚灯的谜底

藤蔓

生命尽头的藤蔓

撑起了一个拱形的门

与时间不停地刮擦

仿佛被误解的唐丝宋瓷

点亮扬扬抑抑的青烟

灵魂的阴影部分

夕阳中静待羽化

人生与文章

都是按了回车

就再难以后退

等着空格敲开诗章

等着茂密，柔软，脚步和丰盈

油菜

春风一阵短一阵长
梦话般地吟唱着山乡
绿茵茵的岩茶园子
一张张地铺展开来，敷在
春天最细软的毛孔上
倒春寒的臃肿
立马消退起来
一垄油菜黄
感悟灵魂一次次的牵引
弓着身子在田间
收割春天

水稻

溪流挥发清新的水汽
两岸芦苇摇摆如伴娘
露白的珍珠
在荷叶的凝眸处滚动
欲滴的绿从上往下倾泻
路旁的芭蕉、红薯和箬叶
在晨光中等着谁去结拜
自从天空收藏了星星的隐私
思念就像五月的雷声一般
真假莫辨
自从夜成了梦和灵魂的宿主
我们的回忆
也开始渐渐长成中秋的水稻
青黄不接

向日葵

月亮下班了
巴掌大一块布
遮挡了一个时代的容颜
星星泡一杯的咖啡喝下去
锁在杯子里的温度
漫不经心地等候时
顺手牵住一个叫诺言的
小偷的衣角
把它，钉在黄昏的画册里
让日子和福尔马林亲密
附耳数着别人的心率
心里长了自己的鸡肋
那枚蛋黄的向日葵垂下头颅
嚼吧嚼吧
咽下了这个世界的丝凉风气

常春藤

浮云白日，初春庄严温柔

山的心里变幻出深渊和雾霭

看一墙常春藤

全身开始葱茏

藤因希望而延伸的触丝

山因退缩而耸起的脊背

潮湿。开始冒着绿烟

生长用了世界上最轻最轻的声音

风路过这里不敢带走一抹月光

我们屡战屡败

植物长盛不衰

藤条的影子里藏着最美的侧面

落日且慢

点个赞

再走

菊 展

秋深了

菊的家族在湖畔

甜蜜地聚会

赏者的眸子荡着菊香

我们看菊 灵魂清澈

菊看我们步履轻盈

淡淡的雨幕渐渐淹没它的身影

一半的瓣儿浮在水里

湖水也穿了亮衣裳

你错身远逝的夜

搜阅日的金黄灿烂

你的潜伏的梦里

秋更深了

榕树的头发

夜让雨的影子更深
老路灯在白蚁的簇拥下
橘黄的光晕
触不到城市的底线
恋人的头发。常常
下一秒
丢进湿垃圾箱子
榕树的头发。潮潮
沾地儿就生出根
与马路纠缠，旋转，升腾
台风给它一个压低的吻
有时能让这座城停下来
你偶尔能摸摸树的头发
树却为你短暂的生命
提供无数次
习惯性恍惚

植物的爱情

月光从院内送出满地花影

梦幻着无数轻盈

也许只是几棵青草

根部还带着新泥

幽冥却硬拉我捕捉光线

因风解语流转天青

病因是雨水一丝丝缠绵的邀约

只需备好不值一提的纯净

妆容或是另一种天然流行

放着一小盆绿萝，就闭着眼睛

晚风剥离每一个形销骨立

米粒般闲散了的记忆

看卷角的春水和附着了精灵的迷迭香。

如何进化了一株植物的爱情

植物的未来

鸟鸣如洗，涮涮前世的麦茬、稗草
蒲公英、野茼蒿和太阳缭乱的面孔
遍地蕨类植物的爱
烧开三千尺的擂茶汤
数到经纬线环绕
粗瓷碗上小而精致的图案
拒绝纯粹，拒绝深邃
织布机高唱着进行曲
编织着春天膨胀的思绪
挖一勺月亮的新药
在一株株植物间
传递幸福的信念
送去仰慕，渴望还有憧憬
看谁在秋天的收割里
有着广泛的未来

鼠尾草

月亮和星星关门闭户
一首首贯穿春色的歌谣
囚禁了芽孢的画卷
随遇而安的鼠尾草，种下时间
悬空而起的香气
冒犯了虚空的寂静
那骤起的一派蓝紫，堵塞呼吸
积攒了寡淡烟火，耦合烦恼
不妨碍精神分裂的自在
尼罗河的气息淡然绽开
千万缕沁心而来
不知从哪个方向收取幽灵的童话

苔藓

日子在空气中定位

陀螺在笑声里飞转

我的爱是模糊的，像一片苔藓

弥漫着腐竹的气息

冒犯了花枝有序的香气

一眼望穿苍白的寂寞

喝醉了，它拉着桃花的手

踩着风奏响的曲调

咬破故乡的十指

把你坟前的野草亲吻一遍

月光在淋巴结里流淌

传来时空的交错

想起那些樱花败走的春天

脚踝

架起苍翠，一点云墨迭出

执笔的朱砂

绛红着春山

点一盏粉红色的灯

浸泡在流淌的音乐里

雨着的时候，是一方尤物

晴着的时候，是满天玲珑

西海岸洒满温凉的月光

时间分泌的绿

掏出一枚悲悯

摇晃着沾酒即醉的脚踝

历经一扇梦的窗口

那树梨花白的浩浩荡荡

松明

石头们互相弹动着黑暗的音符
精细的陀飞轮秒针虚晃一下
一块面包放在黄油里噼噼啪啪
人的速度、力量、方向、级别
每一点一滴早已被暗自评析
拓一纸血红的大萝卜印章
饮鸩止渴的人不用印泥
有挡路的石子，一定飞起一脚
拒绝潦草，历史多少凌乱与他无关
把学会鼓掌当作了游戏的一部分
学乖的我一想到这就猛烈鼓掌
出了圈地，梦延伸到了秋水篇
一生中那些苦难悲沉的岁月
只有在写字的时候松明才灼亮
盘膝坐在客厅的地板上
写下罗马的序章

鸢尾

火焰鸢尾开在闽江北岸的荒野
一个人行走在光明与墓地之间
月光和旧时一样亮着
蚊呐和旧时一样猖狂
朴素简单的土房子
水泥墙的斑驳随意的暖
日子凝重，春意浓烈
我吃野生的果子
把骨头从流水里抽离出来
血液里跃出桃花
半头的白发是时间，半生的悲凉也是
那支英雄钢笔在一堆荒芜的青春里落草
忽然不想认识摆渡人了
只想用血，点亮这黑白的荒城
所以
我们小点声吧

树妖

抄了三千六百夜经卷

洗白了一万万朵桃花诗

想做别人的心上亭亭玉立的唯一

就添了兰的站姿

浸踝的幽思叩门而入

怎么折柳，怎么闻莺

总是在甜蜜中向往更甜蜜

离人的眼泪如春天的花瓣

光阴一晃就进了记事簿

就扔进了往事的文件夹

逢场作戏。草木终究上不了架

入不了利益烫金的价目表

不信你看

满树绿叶

没一片侥幸有过两个冬夏

断肠草

空气长满了紫色断肠草
暧昧。白衬衫总是等不及晾干
寂灭，清冷，闪烁帷幕的启明
需要剥离掉身上所有的阳光
风只是一个人的传媒。影子
将体香在街角送出
视觉的美化与脑补的加持
按住水泡的疼。也按住无来由的月光
黑白的地砖。恰好是深情的一款
怀念那些未成诗句就先模糊的事物
格式掉那些，阴冷潮湿的影像
只剩下个骨感的回忆
折叠成此刻的空荡
在蕨麻和狼毒花之间，翩翩起舞

芦苇

半只蝴蝶停靠笔直的芦苇

覆盖一小截虚掩的空洞光阴

交出膝盖、心跳

就有人为它折一种飞得最久的纸飞机

以及一种航得最远的纸船

上空仿佛有了繁星闪烁

却无力掩盖其煅烧后的内疾

就像人无论怎么打扮

都不会成为天使

它渐渐地，款款从草纸上起身

用风扶正了被我坐倒的小草

指指点点，数落堤上的桃树和柳树

导致春天在最浓酽的时候

差一点变成白事店的花圈

像在甩掉，迎来送往的证据

御衣黄

守候一树将要盛开的绿云
案上置琴。轩窗边的韵墨
　　舍我，一枝香雪
　淡月繁星转眼从繁到疏
　　　龙井绿色记忆里
　　　清清婷婷的眷念
　从思索的杯底缓缓浮起
有着大气绝俗的金色名字
却爱上被绿雪填满的月亮
和被月亮误了一生的痴人
　　　散发着幽幽冷香
　　　随释然呼出的安宁
　　　化为一缕烟尘
　　悲哀。不光是画面

黄金甲

稗草生长在别的位置
夕阳让碱蓬高了起来
让正常人犹豫禾苗的属性
让你的时间战战兢兢穿越针鼻
历史坐在气垫船上
正用它的纸尿裤谈论激情
空间越来越小，年龄相反
月光里，和血的眸碾碎一些往事
檐下雀鹊描着摇尾橘猫的那抹黄
你的颜色只能任由他们杜撰
带伤的金菊啊
要开就往死里开
像一千年前那片嗜命的黄金甲
开得整个秋天
就只有你

金银花

一担药材要用几斤泪水才能翻过去
一根生硬的铁锹怎会怜悯熟透的土地
说是半夏以后，便许你满世繁花
浅露深处总有捞不起的碎片
针尖下的花蕊里，跳动着
被血粘在一起的声音
一簇残存的金银花
幽怨地吐纳风雨
伸手扯过落日
盖在薄凉的身体
浓稠的汁液化开了
电光石火的瞬间，激活心底里
关于攀爬所有的因子
一起发芽

金苹果

云正在一床雪里快活地蠕蠕而动
那一只金苹果被无数个伊阿宋抚摸
自顾提取，重金属和暗物质
失眠的鱼和水蛇在复原自己的面孔
送别一切压在头顶的重物
孤悬中途的塞壬头颅，不顾皱纹满面
乐此不疲，把我的日子赶进去
连同苦汁浸泡过的每一种笑容
一颗彗星沉默，拖曳着长长的悲伤
端坐在春天的心脏
坐姿缠满了狰狞水草。正在下潜
坐在闽江肮脏的肚皮上
发出心底积淤已久的嘶鸣
终于唤醒了一道带血的闪电

万维莎

等春天过去
山冈将退给鸣蝉
星光重叠。月色重叠
翠盖缝隙漏下金点
圆润，清嫩，荡漾波纹
用莲叶舀着月光
万维莎依水待妆
她从植物中抽出红酒
逼成了波德莱尔诗的标点
仿若新填的一阕宋词
甘心情愿地祭献了活色生香
折一枝桃红诘问谷雨
期待欧石楠过来殷勤开花
绾起的发髻
淡雅端庄

濒死的栀子

辽远处呈现失真的蓝色
挤进来的光线被一点点阉割
这湿漉漉的水汽中
有多少安全门朽坏着
被不断生长的年轻人
推至老的座位
病了。把午餐逼出一本古集
了解选举战乱
关注汽车棉花
冷月凝视着另一个纬度的怨愤
诗一般的气息婆娑生香
手捧旧约。虔诚得像个牧师
落笔
安抚濒死的栀子

高位的龙胆草

夜叉从半坍的烟囱里探头张望
还是那枝蜿蜒的龙胆。恰到好处
魔鬼般的蓝。深邃。迤逦似妖
一路攀爬篱笆上所有不规则漏洞
丝袜般的顺滑收割世间美好
像北西伯利亚群狼的嗥鸣
一次次吐露出关于黎明怀孕的事情
纸钱烟火里的竹荪
蘸着残荷的颜色
画满天的浪漫
看半推半就的殷勤能否持续地亢奋
香烛明灭
坟头上
月光和阴云正激情澎湃地表演

菩提树

那天认识了穷途末路的菩提树
它刚把小青杏们安顿好
一枝荼蘼就伸了过来
一朵花提着灯盏
一朵花垂下头颅
让瓦当洗一把脸
看所有的镰刀都割脉自杀
鞭炮不知所措地响着
喊出撕裂的喑哑
发着低烧的红
用高度的飞天白酒
清洗那些炼狱中的战栗
那天认识了日暮途穷的菩提树
它身下坐着幼小的果子

禾苗的献祭

保俶塔在雨中醉氧
断桥吐纳着宠辱不惊
当禾苗挥戈献祭
垂死挣扎出的一点点绿色
一切瞬间开始滑稽
祈祷。折叠。挤捏装瓶
作为灵魂的表面活性剂
光阴的冲动
画出的淡菜和牡蛎
山茶花坠下去的心情
躲在卷曲的芭蕉叶中
躲在一场雨里
让森森白骨
烙上印记

仙人掌

一只鸡在笼中风骚地啼叫
引来村落里柴犬的大片的回声
牲口只是黑夜的无数种可能之一
土壤里一条惶恐的小虫
已退化成没有疼痛的泪壳
在血肉间厮磨生长
被无形跳跃的杀戮视线紧紧捆绑
用肉质的弧形哭泣着伪装幸福
沿一小段潮湿的日子
破茧。舔舐一点阳光
攀缘而上
桃花诗不是最后礼让的落款
仙人掌盛开的刺。一根根地对准了
一个个含情脉脉的春天

仙人球

说不清究竟丢失了什么
连做个梦都比别人惶恐三分
是匍匐在这片泥土
还是做个带刺的球
选择不过是高低不一的认知
尽量地蜷缩自己
不惜把所有的手指蜕化成针
墨笔随性。干净
不停研磨写字
一场灵魂的覆盖
一种精神的铺张
直到蛊虫黑暗的芬芳
在心头血中暴涨三尺

香樟叶

在众多别人成功的标本里
我只是一片枯叶
和时光相遇已是春分
目光才酿出雨水
内心才漫起惊蛰的潮声
挨到清明却只剩后半生
泛黄的扉页上寥寥了几笔
立夏绯红边际却无法触及
等你的身体跨越我的时候
被人们舔舐的词语
被人们的灵魂迎接
弱者就算是流血
也会被故意忽略
寒露的世界很苍凉
但关缺角的墓碑什么事儿

马鞭草

荒诞是穿过马鞭草花海的傍晚

在八月的尽头拆解月光

被蓝莓浆过的墨水

洇渍的难以辨认

带着碎草在荒原中行走

云朵里涌出的淡淡的紫

溅起的夜色响起九幽的叹息

白裙子上有风和神祇的气味

朦胧的。裹挟着寂寞的烟

凝成女巫的水晶串

它正试图举起月亮

用泥子一遍遍勾出空白

守着草籽的烛光

打坐。念佛

隋柳

黎明消失在天光之后

清辉在向明河开了窗

一个转折点的词语漏下来

看一眼长安城里那抹草色

摩挲了一遍当年的繁华

漫溢。今日脱落的斑驳

想象在透明里展现无数可能的虚无

唯有杨广与萧皇后种下的那株烟柳

舒展了酥脆的美丽

诱惑前来投胎的文字

用十里或是翩翩

镀上乡釉。成为一道晦涩的隐喻

一只帝王蝶正在破茧而出

所有的大一统都是你的颜色

蛇莓

那些经过我的形色各异的蛇
石质般清冷的面孔
擅长在庞大的死亡上获取滋养
带来每一个季节最负面的消息
或多或少。吐纳一点口齿不清的檀香
试图给我最近的焦躁消肿
它们大路上猫步行走
我在悬崖下煎熬
等春天向前挪一点
假寐的光景。捕捉一只只假传圣旨的蝶
心中有一万只羊驼在奔跑
秋天涵养着我一片片的锐利
伴随火山湖一寸一寸地苏醒
所有时代的终结
必是压榨极致后的爆发

海棠

剥开蔷粉的外衣
拿出金黄的果子
温热的果汁被男人揣在怀里
人影婆娑。鹅黄色的街灯下
挤坐在萝卜、白菜中间的黄脸女人
那些裂痕与台阶，手套或者细菌
夕阳似一枚淬炼鹤顶红
一丝丝剥离覆盖的真相
被闽江的喉管缓缓咽下
那些疼痛与痉挛渐渐平伏
一朵很轻很便宜的海棠花
在这世上
认真地
自刎了一次

夹竹桃

橄榄树的祈祷

夹杂着清风的微响

杜鹃花尖叫出声

繁殖着诸多的清晨

曾沁入心间的粉色喜悦

不过是屈指数算的过往

充满想象的枝条

剩下一把幸福的骨头

散乱的头发。僵僵地，将将

盖住内心的褶皱

美人迟暮不过是你没见过尤物

所有月光都藏在荫翳的大雨里

篱笆上的夹竹桃

默默咀嚼这苍凉的半生

山樱

朦胧的光晕朝云遥遥而去
山樱。绿肥低垂
白瓣微卷。三更天里的明亮眼睛
蕊的清甜。凉拌痛苦，凉拌新生
飘舞的淡粉
牵出跌落的月光
在最单纯的季节
与微生物不断纠葛
隐秘而细腻的过程
延续数千年的惆怅逶迤
花与泥交流的声音
正淡出这个春天
剩下迷迭香。让时间长眠不醒
从诗里脱口而出山清水秀

半夏的眼神

墨云开出一缕香气

雨就成了诗的引子

半夏隐匿起未知的秘密

与夜有一番细碎的攀谈

一盏盏梦的捧持

酿圆了一个千年的月亮

朝试小妆

晚凝闲愁

倒映在水中的繁花轻轻摇摆

说起的激滟时光，多么苍白

鲦鱼翕忽从容

你和我。眼神如一只知更鸟

执念和幻梦

都在轻轻地颤抖

梧桐翠绿

细雨温柔

麦熟的香味

雨丝用目光缝纫了大地
那片常春藤
切割开的斑驳时光
蝉声肆意地放纵
落在砖头缝隙的文殊兰
一招一式
透着拔节的青涩
泥的气息与花的绯色
穿过清澈的流动
风说，日子过得很淡
露水停于她的眉
灵魂走了出来
点燃一柱低低的桑烟
泄露了麦熟的香味

花瓣的左肩

鼠尾草紫色了整个心房
没有炊烟的天空开始清澈
细致绵密。素色的暮云
石头小径的布伞流动
慢慢盛放为沿途的花蕾
寂寞。蝴蝶。以随风散发的甜色光芒
用薄凉的方式包裹人间
最后一盏桃花酒
托着腮想着心事
微笑。栖息左肩
只有最清丽的雨
能打湿它的泪腺

溪客的诱惑

寂静而温软的夜
抽了一根寂寞
溪客低矮的湿意
撒满翡翠的诱惑
一瓣安谧，空如佛陀
一粒流萤。星河清浅
隐约。无垢无尘的梦
撷一缕星光沉进船底
摇荡。粤曲里舒缓的对白
桥下的月亮
被一只小桨搅碎
那颗独坐莲台的禅心
越过明清，越过风餐露宿的千载
荷。香了大暑
感想，却跳出一蓬影子

chapter 3
/
不动声色的叙述

灶台

亲手点燃的蜂窝煤
幽蓝舔舐着小火焰
想象先人衣钵
盛满古色的味道
铝制蒸锅盘踞灶台两端
中间是调味的酱料
大蒜弯曲的轨迹
炒作盐白的分量
指明一场橙绿橘黄的重逢
没有红酒。香槟。威士忌
身旁时有虫的振翅声
嗑一堆瓜子就着芒果
看一个孩子或是姑娘

工笔

描进黄昏的静谧

隐约的工笔香味

阳光，一丝一丝地凝视

时间被影子深镌进操场

一排长出翅膀的树

几点褶皱的事物

一个中年人的恍惚

冰雹的绷带很快消散

彩虹的伤病很难结痂

等不同色彩从地下窜出来

和白云交谈

开出金色的花

陶冶明年的水色，天光

剪刀

扫荡一冬的忧郁

工蜂一路的清欢

在花朵间搬运香气

酿造细微的糖分

燕尾的剪刀

把霜天剪开一角

剪出一缕春风

剪出一片曦光

剪出一枝桃、一树梨和一株细叶柳

剪出许多打鬼的钟馗

守住每一道门

以这样的方式

折叠好春色

过年

电光炮如胭脂涟漪般的红晕

一放就是千树

许久没有车的国道

绕成一只勾人的鱼钩

一只喜鹊在金橘树上清唱

收获路人的目光

咔嚓，手机的一只镜头

就收下整个山乡

不想感怀历史的沧桑

悄悄透析伟大与渺小的内涵

在古老的方志里

打听它的籍贯、年龄、性别和生日

包括晾晒的藤茶、蒸笼的艾粿、清香的土鸡汤

捕虾

在父亲抽出闷烟的烟圈里
在母亲愁惨的目光里
走入大江
做一只潜入月光的虾笼
承载黎明的工具
星子递来的眼神
反射山海的交响
走着走着，背
就变成了虾子的形容词
几行咳嗽深入寒风
满身伤病
终于成为那些动作里的
许多个漏洞

蜗牛

所有柔软的事物

有坚硬的壳

抑或灵活的骨头

有吸盘

才能走完人生

在尺寸之内画地为牢

在一百平方米的春天里

在一脉繁茂的岁月之上

聆听到微颤的花语

典当积攒成堆的预感

专注粒粒汉字和隐喻

让古典的太阳

穿透薄薄的宣纸

经纬天下

古寺

秋蝉将古寺扒光

在水缸的皮癣里练声

虫洞与蝙蝠

亲亲热热地勾腿

倒悬成,一只又一只

缄默的耳朵

每根枯草都擅长针灸

血脉成了清澈的溪流

零零星星的野花

裁剪一片崖上时光

荒芜着时光淡昧

在岁月中渐趋醇厚

内心就升起

稀稀落落的欢喜

秋夜

夜的黑眼珠

缀几秋红媚

青丝缠绕着月色

莲花漏转的禅韵

温柔恬淡

如同植物生长

顺着疼痛的缝隙

柔软地舔舐着每一寸坚硬

那颗心像一头小小的鹿王

摁住体内蠢蠢欲动的愿望

绽放了几瓣小夜曲的颜色

滑过脸颊的泪水

没沾上涸唇，就开始蒸发

放弃抵抗的凌晨

才有露珠诱惑的高光

蝉声

初生的风铃草

等待返青的忧郁

蝉声偶尔挤进文字

带着暮气带着仙气

拦住世俗

素描的人不在

谁也看不到

原野的荒凉

那点红唇，萧瑟了辞赋

寻章不如侧影

就一碟词珠玉字

用缺陷的名义

写一点菡萏

看一阕故乡

疏懒斜阳

瞳孔

霓虹灯一直是
夜市布满血丝的瞳孔
高楼，挤得天空更窄
月牙蜷缩着贴在那里
湿热的风，颠簸着怪异的香水气息
又有疲惫的巴士的长号訇响
广告牌悬挂风之琴键
妖娆的是今夜的闹市
陌生的是我
不陌生的是月光下
故乡溪边的沙滩
小螺小贝潜水去了
那鱼竿
甩出了那窃窃在响的童音

飞机落地

一个人飞来
另一个人飞过去
一只手徒劳的签证
和空空的你
回望向天空的第一眼
一轮圆月通透，明朗
居民楼的小格子灯光
是通透的糖果
甜心儿的那种
诗醒了，酒醒了
一整片故乡，活过来了
那些唱针划过的如歌岁月
那些关于夜晚的莲花

灯光

小区在断断续续的雨声里
雨声在遥遥远远的灯光里
灯光是幽幽夜里的睡眠
小麦和稻谷提灯捉虫
香樟树躯体结着痂
一瓣芽伸出来了
天是暗稠稠的步子
另一种吃的热望
在内心膨胀透明得
黄昏一样的模糊
平静的我想说些生存之外的话
随意地写
叫作诗的文字

交谈

夜空盖上旧腻的云被

风如鼾声。豪迈烈骨你都了然

呓语酣畅。魅惑缠杂你都说完

只能继续交谈

心里延续着梅雨

脸上堆垛着晴朗

所有的名字都像立夏的蔷薇

所有的故事都如冬至的江水

只能继续温纯地交谈

传说生命终止后

会蒸发为银河里

烟波的蓝

让我们继续交谈

一种水的必然

一种水的偶然

醉

讨厌酒的人竟喝醉了

面对空白的稿纸

灯光弥漫的旧屋在听着雨滴

老去的容颜一次次试图

让自己冬眠

雨天的心态

是沉湿又多感的片刻的甜蜜

星星搂着影子

在积雨云背后

对缪斯的默泣

治好忧郁后灵魂就失重了

训练会控制我们的想法

想法会控制我们的感情

感情会让我们失去时间

来源

旷野的风

模仿前世的荒凉

一次次绕过春天的灵魂

香樟树还在我们身边结籽

它们上有阳光

下面是土，和水

这些永恒的东西让人

保持生存和情感

弱者的要求从来很微小

望着叶的葳蕤

我不再思想根的来源

是局限宁愿抛弃思维

是思维最终抛弃局限

让自己的根支撑灵与肉的脚。

就好。瞧，

宁静的光芒万丈

杏花春雨，东风破晓

夏天

金乌卷走溃逃的云朵

燥热让空气发出空鸣

飘动的头发

飘动的短裙

驱醒了打盹的蝉

有多少背叛吸附于微信的语音里

有多少舔舐寄生在表情的浮闪中

台风眼它看不过眼

捧来一掬一掬的水

冷敷城市的头脑晕胀

静静地只在雨天里淋雨

青芒果落着

像掉了的伤痂

这一年的夏天

很热

那一夜的台风雨

很长

印章

刻了两枚小印章

青青的野葡萄

乳白的小月亮

寂寞深秋露的清愁

落地星子善睐明眸

不会有人枯坐发现

谁的世界暗了几颗

不知身体里的碳

够制成几支钴蓝色铅笔

在如歌的画板上

够滑行几次

这世界很少会有朵云

专注地只为雨白过一回

年轻时的那几朵聪明茉莉

总打开一扇又一扇的百叶窗

碰壁

榆钱香灌醉了早读的时光
凌霄花为谁燃红了自己
柳枝抽芽，草色闪躲，花骨挣扎
一串来自紫藤的风铃
撮着迎春，那可掐得出水来的黄
油画里还有冷灰和暖灰
看檐水凝聚着蚕花姑娘的瞋视
看小雀落在青苔覆盖的浅洼处
蔷薇，小粉蝶，鼠曲草浅浅的笑靥
推开一窗春色
是谁一挥手
让一缕风碰了壁

蒙太奇

雨披通知每一盏灯

清剿夜色

积水用陈年的爱

拖湿干渴的地板

屏幕里的人

自顾自地读书，看电影，写东西

雨稠稠地扑向每个有伞的地方

将伞当作家

伞却去找雨狠狠吵一架

把雨滴甩在电梯的一端

水幕中的木樨花

弥漫着苦闷的香气

下雨，真是一场人生蒙太奇

格子间

鼠标是掌中孤独

迫切袭扰斑驳的眉宇

时光的翅影足印像魅惑的白兔

发际线加速枯萎

潜游在发丝中的刻骨才得以兑换

每一步都弥漫着灵动

常春藤的茎叶缠绕了电脑的四周

一帧一帧写满诗意的天涯

在俯仰之间，平视万物和握不住的岁月

把思想放在了远方棉花一样的白云上

在灵魂的土壤里奔跑

去访问五角枫成长中的碧绿

一杯温暾的柠檬水

守望一次春风千里，细雨悠长

好奇

信纸在路灯下飘出暗影
翻墙的月亮追着一只小狐狸
旧情人在词语的结构里翻滚
阁楼书写着月光遮不住的遥远
满窗的清沁像唇角上扬的弧度
被未知敲打着眼眶，折叠个欢喜
跌入人间的攀扯温习着梦境
盅里的酒。神秘的潮汐
结着愁欢的摩挲
轻嘘深吸。周遭弥漫着药香的引信
未了之事在人间盛放。埋进尘埃
还能不能找回那盏灯的光源
一种迫切而单纯的好奇

护栏

变老从来不需要等待
无尽的孤独正开在二月的山上
这个春天，卷尾点几棵柳芽
入目红果一盘
闲云野鹤清蒸还是红烧
肃穆之中何必拌点春色
西北有高楼，心里有低低的尘埃
犹豫是一排心路的护栏
隔离带的荒草慢慢抽出新绿
在浓烈的咖啡中思考
怀着慈悲心生长
海平面一样多余
昏昏欲睡的阳台睁开眼
站在一树繁花之下
似看非看
似笑非笑

米香

冷雨过后的花团锦簇
薄暮落在薄暮的时光
每一座山是曲折蜿蜒的虚线
再也避不开那十里的春晓
荠菜。香椿。米蒿和刺儿菜
一碗碗烟火
一碟碟诗意美好
水稻、甘蔗、毛豆和桑麻
静静待在我手掌心
圆满，甜蜜像一颗小月亮
额头的亲吻。羞得豆荚炸裂
糕点窃笑着，蒸蒸日上
静静留住月光的旖旎柔软
缓缓经过的时光划开米香

后来

在一株植物内部发起温柔的风暴
就着洁白月光抚慰梦里的眺望
突然很想念一个人
可能只是因为有个人很像你
今晚的风像极了那晚
街边吵架的两个人像极了曾经的我们
忘却上弦月的情深缘浅
忧伤与矜持结伴成长
把无主的寂寞索回
用华丽的色彩使道别更有仪式感
同一杯苦酒
让一个人沉溺，让另一个人飘逸
回声占据的酒杯里
星光正坠入星河

复燃

倩丽的杜鹃花埋葬在这晚春的土壤里
灵魂已在另一个领域逍遥自在地遨游
困意是疲倦的牵丝傀儡
尝不出那缕炊烟的咸淡
松果恰恰在眼前籁籁落下
跨过人间世的阴阳两界
苔藓碧绿
尾巴沾了一朵积雨云
湿软的城市像凝了雁足的隐喻
洞悉无边的怅惘
把无主的寂寞索回
唤醒蔷薇的印记
给予疼痛的潮冷灰烬。慢慢地
不经意地复燃起来

生活

母鸡孵化二十个昼夜

暮鼓敲醒了万家灯火

牛铃清脆了谁的呢喃

瞥一眼木桥上的云岚

喝一口湛蓝色的海水

敲一扇愁苦郁结的窗

每天都有一轮打工的夕阳

夏夜与秋歌也许是同质之物

双臂环绕

这酒红色的牵牛花

犹如我的城墙

选择性地放开绿灯

守着疼爱自己的自己

成为丰沛悠长的梦乡

浮沉

摇曳的花朵是这个春天仅有的慈悲

风递过来一抹拭汗的慰藉

飘散在空气里分子的细密

晚霞笑着低头扑入黄昏

在震荡的晚钟声里消失踪影

落日最讲眼缘

熬一碗苦瓜汤

浇上蜂蜜、荫翳和蝉鸣

放几片红薯叶浮沉悲喜

人世烟火，是生老病死的简洁布景

大抵犹如沙滩上的弃舟

不痛不痒不死不活

只敢想想芒鞋跃上秋千

窸窣颤抖的叶子爬上藩篱

脱稿

黎明是无数的扉页

把日子养出颜色

箴言和败笔删删减减

像温暖的风拂过落满灰尘的羽毛

起飞于一支烟轻舒的翅膀

就成了青梅酒后离不开的依靠

四月已悄悄把春天的门关上

把罩在阴影里旗帜吹起

冷暖都是绒绒的香波

炎凉都是生动的剧情

用月亮猜不尽的琐碎

那抹最拉风的色彩

陪着小麦酝酿扬花

脱稿地生活

焚烧的恒河

病痛。意外。泪水。壅塞了诗句
弯腰的影子在打探急诊的方位
杂乱的头发捕捉着指缝里的忧郁
我得假装缺乏怜悯
以抵达的方式轻歌浅唱
半坡残次的陶皿
有些人在社会上大量繁殖着
有些人迟早是要被抛弃的
这样灰的预言如同一把缴械的木枪
扣动扳机。猎取片刻苔色的宁静
死亡是一次不愿撤席的聚会
对这个病态夏天的一次集中清算
翼装飞行的蚊子说
再过几天。我也来了

首陀罗的镜子

黄麻悬浮。刮过来的钟声里
文字是如此单纯
一枚印章。落款把人间拉高
所有被忘却的最终都会被晾起
并越来越好地吊打诗人
生活被无情的卑俗爬满虱子
有些人吃瓜
有些人设计出入局
攥紧拳头又松开

万籁无声，都迟迟不肯睡去
苦涩和一摞病历下面　是静止
被记住的历史不过是尚未愈合的伤口
不是每一泡尿都可以当镜子

蝙蝠

钟声浓稠如一碗失效的毒药
每个黄昏都是一场血海深仇
一座巨大的坟茔兜售着荒草
天空灰白着脸色
与饥饿的红蝙蝠不期而遇
擦肩而过三尺弄堂
把神的牌位暂时寄此
雏鸭踩着竹鼠的肩膀爬向窗户
快跑。他们在炖你表姐
幻变的蜃气。引诱倦怠鳍翼
那些花纹里的细沙。摩擦着足心
葡萄紫的心脏足以笼罩黑暗
警告所有被贪欲怂恿的杀气
许多人眼里的灰尘只有在这一刻才被擦去

分薄的湿地

命运渺渺。蔚蓝堕落成灰
用小碗盛着几颗星星
递下一件阳光编织的披巾
蜿蜒向北的铁路直击心脏
直接撞向挤兑的人群
踩断了青苔的细指
带回一座白色的庙宇
瘦成一抹碧青的荷梗
陪伴一丛头白的芦荻
晾晒一身浣纱的湿漉
裙摆一撩翻入藕花深处
彩虹最内层的颜色
唏嘘在流光里。等黄昏降临
灵魂，分薄了一半

致幻的边缘

鸢尾灯腌渍的城市
凤仙领镂空小斜襟
一半妩媚。一半虚静
像未曾拆封的扉页
在入世中坐禅
在立夏呼吸寒凉
伴着脱落黑发的白色手帕
蜷缩得像一枚被遗弃的戒指
致幻的边缘隐蔽在骨垢深处
想起前路还寄存在螺纹里
用腹语默数它跋涉的读秒
眼里尽是一种深秋的寒意
像经年的旧疾，重新泛起
嗜血的印记

二手房

九十年代的防盗网捂住了新世纪的贫穷
男人怀抱腐朽的幸运星
给女人讲了好久出售月光的经历
苍白的海螺尸体。湿漉漉瓷砖。暗黄的吊顶
焚烧得吱吱作响。通红的液化气
这细微的光亮多么细腻
臃肿的蓝色的确良被罩
每次翕动都抖落梵音
残骸上是又一层土壤
包括无休止的跋涉。挫折打击，孤苦悲喜
目光所及，无非巨大棺椁的边野
庸众之徒被欲望和自以为是谋杀
不事稼穑的灵肉睡在肋骨的栅栏里
越过而立之年的生老病死皆为虚影
一同被归结于社会新闻的一抹轻哂

小巷的想象

伞沿勾住的檐角

刚出炉的水煎包

和不安分的猫

撑起一条小巷的想象

凤仙草请一盏黄昏作陪

在小手翘起的兰花指上

涂满裸色的霞烟

一张木桌前的对视

朴素一段烟火人家

时间慢慢从这个小时移到下个小时

蛙声编织的小篮子

早早躲进井水中

渐渐变紫的茉莉花

还依偎在半旧的香云纱上

教材

雨打下一串串梵音

禅意般停在草尖

在一时的停滞中剖取无瑕的透明

并不如烟的往事牵动我的魂灵

我们都是空旷的存在。不分黑白

所有这些转折，曲笔和隐晦

敌不过你生动的背景

敌不过她太细腻的脸

静默的浮生里只有无尽的盈缺

打捞了一弯又一弯昨天的月

听见荼蘼渐渐枯黄的呻吟

没有人告诉过孩子

这世界有两套教材

搂着红醋栗跳舞

选择将自己种在向阳的地方
看见搂着红醋栗跳舞的小姑娘
屈指数着姐姐回门的时光
读出两肩花雨
读出婴儿一样甜甜的梦呓
读出油菜和小麦的呼吸
洗洗母亲烙在田间地头的影子
合上栀子袅袅的香气
父亲吸支烟
都是星星的尼古丁
只有熟透的麦黄杏
坐在枝上不声不响
期待着一只诗歌的篮子
庄稼丰收,夜色星芒

盖茨与梅琳达

劳动节的尾音出人意料。不断拉长
黄金周的浮云仿佛任性得不计前程
道路颇有策略。像等候一样森严
令世界匍匐的时候太少
立在一个年龄上俯视岁月
每秒成交多少笔。这物质世界
不会因你恋爱就没有仇恨
也不会因你仇恨没有恋爱
亲爱的交易。你割吧
割出我如金刚透明一身琥珀
每颗星辰都有自己的体温
共同成长是基于体面服务脸面的哲学
只有自己嗜血行进在铺满稻香的路上
力量和收获才是对等的

悼词

我白衣黑裙地听着最后的舌灿莲花
那一双唇技巧性地张张合合
兰的清逸。竹之气节。菊之淡泊
可惜这一生溢美之词
明显不在退休证的纸页上堆叠
刻意有意无意地忽略落叶的苦
留白真是智慧和哲学
所有的活生生的渐渐化作无机之物
一张火化证明承载不了死亡的宁静
暗处满是古琴弦和豁了口子的风口
是一束草对天空渴求地低语
是其不想说和想要说的总和
是全部和最细小卑微的部分
满天的劫灰一攥就是一把
不知那个已经检票的亡魂
正在踏过奈何的第几座桥

小区最高十八楼

太阳准时把一年最高温度置顶
电梯运营所有事物之间的联系
车流的呼啸与空调的滴水之音
稻茎捆束着的艾草和菖蒲
用怀疑的眼光
盯着扛起夏天的压缩机
一楼仰视十八层。地狱张开的嘴
顶楼俯视地平线。天堂伸出的手
似乎一点也没发现。更多的人
随着仲夏夜之梦。跃跃欲试
易于萎缩。行走的衣架
只好和笔仙蓄谋
下一次汗水的出逃
直到。爱上晨岚中跑出的一头狮子

蜡烛

停电从开关里提炼出来一种有别于黑夜的气质

毫不心疼把你残破的身体翻出来

锥心刺骨地往尖锐的烛台上一站

生命的燃烧换来心酸的泪水

还是没能守住最后一只春蚕

灵魂早被世人的富贵眼风干了

苦苦熬来的正大光明被嫁接在枝形吊灯上

杂乱的油滴书写满地的过河拆桥

早就凉透的陈茶

来不及驰援。就变成难收的覆水

下一次停电告急时

把你残破的身体翻出来。再利用一次

生活真是一本正经的恶毒

明明是微小说的体裁

居然让我的诗歌超载了

荆棘鸟

陪我静默，于静默里欢快
摇曳的花妖正在窗牖徘徊
为愁云做一次诊查
每一种模糊的原谅都那么不可思议
用竹帚扫那些狂叫不止的花瓣
盛满。挑个黄昏，沉默的用黏土缝上
一颗蛇果的鲜艳和酸甜
在黄昏渐弱的光线中破碎
一种垂死的旋转。假意的吻
仿佛听到想活下去的花语
荆棘鸟扑腾的翅膀生着风掠向天际
抓住那最后一丝不肯消散的炊烟
用仅剩的最后一点洒脱
将故事重新染色

火车南站

盛大的烈日暴晒着蝉蜕的光阴

中暑的城中村爬出夏天的产道

石榴红了。江水碧蓝的白湖亭

咸咸湿湿的歌谣。天南的咬字、海北的腔调

一半尚存的青涩。顽强抵抗金黄脉络的芒果

蝴蝶惊慌。从枝叶堆叠的缝隙里穿过

一些微光，刺透黑暗的暮景

最底部的石板。青苔上洒落着斑驳

由于饥饿，它们不断地死去

静默是纯粹的

长镜头潜入爱情的内脏

礁石记录着背叛的事实

小心地积攒着每一缕青丝与白发

让仇恨喝饱故事的汁液。再次怀孕

韭菜的速度

作为一丛很有嚼劲的韭菜
起风前。我首先要收集花瓣
伸出雪白的杯盏
砍下一个人的头颅
在天亮之前种下去
一枚针尖样的草芽冒出来
头上，高高地顶着
一片芝麻大小的青泥
像一只脱骨的扒鸡
悬浮在空气中的窒息
与孤独倒影成了一种天堂和地狱
炊烟早已系紧一连串死扣
掘墓者，能否将洛阳铲暂放一旁
细碎的花瓣还有未完成的情节
磕一个头，用森森白骨
为春天测速

千年的妖精

歧路的地藏菩萨被腥膻掩盖
修炼了千年的妖精
在吴哥窟笑容满面。腐化里游戏
大悲咒。大片地倒伏成般若波罗蜜心经
漫过呼吸，褪色成菩提叶的印记
睡在青石板上。像入幕的嘉宾
露水案几上凌乱的泡沫
野蝴蝶互相调戏
根本不避一避人间的眼睛
仅有的希冀被搁在日子里反复磋磨
尘世中颤抖的风声交换着囚具的意义
猜拳决定谁先放弃活下去的勇气
愚蠢的月亮竟然还想嫁给你
生一大堆星星

世俗

肿胀的落日离开脚踝
星子躲进透气的夜云
落在你掌心的那朵春逝
闻到了季节的佛性
静默中蚕食自己的心
在双手合十
有花开到荼蘼
有句遗落前生
听咿呀的越调
敲下糖盐适中的汉字
高高举起的酒杯
摔裂了一地的笑容
既然神准许了我的堕落
你们世俗就要有个世俗的样子

阿飘四散的时节

星星在枯瘦芦苇头顶上闪耀

月亮吃着孤独的夜晚

未经商讨的霜

和蜀葵一起赖在门前

穿胸而过的冰凉

带走陈旧的霉变

又是阿飘四散的时节

肉食者们吃素打醮

聚集而来的素白纸灰

沉淀出那个渐渐模糊的你

当你突然死去，所有人都开始爱你

死去已久的人，所有人集体忘记你

从辞藻穿梭的幽门捞回自己

用祈祷的指尖下放一串琉璃

别再徒劳地

用石碑注明所有儿孙

倒闭的酒吧

背靠在倒闭的酒吧门前空弹
雨水忐忑。吻过倾斜的身影
带走天真与倔强
不会到对岸买谁一夜
也不会越过人群公开递烟
剪掉那海藻一样疯长的挂念
酒后迷茫和交易的快感
注满每个毛细静脉
蝴蝶的蛊惑。触碰柔软与疼痛
混沌与窒息只隔着一层皮肤
指纹解锁。触摸屏是海王们虚妄的蓝
最后一道阴影推着泡沫飞奔
跌进草根的细雨
一次次摆出引诱他死亡的湿度

石子

我们是看《西游记》的小石子
用最酥软的方式
采摘仰望的目光
写不出疼痛与战栗
写下爱情马上被神囚禁
我们是混凝土里的小石子
了然老城每一个不眠的众生
那些未竟之事
那些躲在角落里的隐私
一边干燥，一边潮湿
我们是棱角分明的石子
天真纯粹的尖利铺满星光滑过的窗口
用掉了多少羞赧和热烈的勇气
覆盖那些低烧中的错觉
我们是被用来铺路的小石子
书写有畏无用的永生
只剩下水泥温软的灰白
舔舐面包的香气和一支循环到天明的歌

端午

一只夜鹭挂在月亮下
丝瓜清清浅浅地开着
散着糯香的粽子
敞亮白色裹胸
一袭青裙。含笑走出来
用红豆的呼吸
读出婴儿一样甜甜的梦呓
写下还标注拼音的童言
洒出两肩花雨
合上栀子的香气
一枝又一枝清俊的菖蒲遍插
烙在小巷石板里的影子
吸支烟
都是星星的尼古丁

方洋洋

月光千缕挟裹着奔向墓地
凉薄集体刻薄领口和裙角
人间扑面而来
将一地鸡毛扔到锅中
和着女人。相煎，胶着
浑圆安稳的现世
就是用这透明粘起来的
死后的墓碑
固然胆怯得刺眼
活着，也一样要
低眉。屈腰。小心地行走
无尽荒凉下
濒死的瘦马摇着铃铛
搂着枯骨跳舞的小姑娘
选择将自己种在向阳的地方
屈指数着回门的时光

走马云

乌云劈下闪电
所有的生物都计划逃离
茶色的天空划痕里
有沉落下去的光
有贫穷的想象。以及，令人神往的秘密
亡灵的艰辛被忽略
鲜艳的棋子尽情鲜艳
手中有书
心中有佛
从平仄的韵脚里
抽出痛苦和悲凉
安详又惊艳无比的时光
就在这里
等待台风的连篇累牍

贤南路的民谣

贤南路凌晨三点的民谣
低音响起来的时候
夜色局促。慌乱浓得恰好
懵懂天真的鬼跑过雨巷
封印着别人的无主青春
腹部凫水。有玻璃划伤
脚踝。钢钉未愈的疤痕
被设计好的选择一再着火
痉挛的闪电和风暴
收割，充满悲伤的温柔
小情绪冷静。其实发烫
终于有一天
我领着花骨朵儿来到丰都城
逼着夜叉亲手把自己的腿锯掉

chapter 4

/

歌停檀板的盛放

清甜

越过冬的大雁
飞过镇海楼
把队列，从人字
变为，心形
列巴一样的土壤
秋的画意太过稠密
过了那个经纬度
风就把月亮撕破了尝尝
看看是不是，更为清甜
酒在缝隙里
努力孵化着黏合的花
风，酒和人
都是烈性的好

青蛙

高过坟头的青青草

入夜后，拍着软风轻轻地睡下

天边挂着一片萤火虫

招惹旧房的红瓦

柴灶在抽着烟锅

蒸笼里吧嗒吧嗒

窗外不停的还有

青蛙的嘴巴

叫一声

好一朵野菊花

叫一声

还有其他的其他

包括脸颊的雨水来不及擦

包括丢了鞋满是泥的脚丫

雾凇

素颜的雪芒

遮住荒野的气息

找到落日斜阳那一缕光芒

消耗一个愿望

喟叹出你的身影

浅色的幕离仿佛纯净的梦

将目光放成空远

把植物眼前的痛楚解决

把此刻的影像钉成标本

眉毛拧着眉毛

计算着日月星辰

深层修复出一丛丛的蒿草

左邻谷雨，右邻春分

水塘

旷野的一汪水塘

却有教堂的宁静

水浮莲拎起

冷水和蛙鸣编织的清明

椿芽，香荠，蒲公英

花蕾涨红着羞怯

一个个甜心的柔软面包

铺天盖地倒出来

走去缤纷印染的旷远

仔细抚摸着葱绿的新裙子

提着一篮子花香

在紫云英里跳舞

蔓蔓青萝

步步妩媚

盛夏

催开盛夏需要多少花朵
青翠，紫檀，橘红，赤金
还有奶茶味的杏黄
在风里酿成理想的颜色
在纸里化成安静的森林
甜蜜里透点酸楚
黎明里薄如蝉翼
雾气在水面一点点堆积
关于遇见前的话题
关于撞击着胸口的情绪
随着气温升高
只染黄了心事
炊烟浓淡了谁的文字
花开两朵，各表一枝

海边的小贝

独守的夜攒下

几簇星光

撑开手翻滚着白浪

谁在岛上凝望双桅船

对视岁月的倾诉

溶入那一点粲艳的渔火

看不清双眼天边的曦

小贝是白沙圈在颈项的装饰

星淡云稠时

总搜寻潜伏的脚印

总有白衫蓝裙的桀骜小女孩

彻夜唱着思念的歌

叩响着潮音汐吟

拉开的梦

如何落幕

黄昏

桌上普洱的茶刀

尚有当初的余温

去年今日的桃花

在衰弱的发型

在留恋的瞳孔中淡淡逝去

厮磨耳语轻言细语

用微微上扬的唇角

用梦里的盈盈笑意

供养一朵花的惊艳

落日的尽头

幸福尚未睡醒

贿赂叛逆的黄昏自顾地老去

勾起一轮明月，翘起来了

闪蝶

孤独是周而复返的夜以继日

香樟伫立，坚守一段芬芳

叶鞘落下，没过石竹的脚踝

一滴露泣开牡丹

三两朵发上，四五瓣指尖

影子透着光映在墙上

孵出幼小的光明女神闪蝶

嚼着缭绕的花香和篱笆的鲜艳

复印雾凇的浪漫

借助蜡烛，月光和星光

想给怀抱大雪的人

送蔷薇花

尤加利叶

燃烧

墨水把寂寞蹂躏成断章
指甲上升起一弯青月亮
鼠标在虎口处扭成晚年
眼眶后隐匿起来的沧桑
怀揣天水碧色期待
灯光已经刺穿隧道
向时间的断层里驶去
平庸，伸手可及
平淡，抬脚就是
钙化的起点也是终点
唯有辛酸燃烧得如此明亮
在纸上种下一亩星河璀璨
唯有年华如水，洗白头发
像珍珠烙上彗星的尾巴

梦乡

一点点朝霞的反光在烟杆铜管上跃动

一朵朵桃花打开晨曦静谧的古旧衣裳

一茬茬古老篱笆爬满牵牛好奇的细藤

一枝枝绿柳枝缘闪烁春如零露的泪光

一片片的芳冉冉莳扯落干涸漂泊的叶

一弯弯野菊花无休止的留住风的馨香

一只只称手的甜橙伸进阳光芬芳到辛辣的气味

一块块刻骨铭心的珊瑚玉不知佩在谁的胸膛

一片片幽深的梦乡还在人心深不可测的脑沟里

另一维度的一阵风

在恍惚中衰微

铜钱草向阳的方向

水杉们正在列队易服

一低头羞红了月亮的脸庞

相识的春天

桑葚将将滚过了季节的摔打
桃花岸边却还没有折叠出春柳
一缕喷香的发梢罩住青春不再的身躯
狗尾、稗子、墙头草和空心竹
曾经诗意的年轮在酡红面庞里衰老
荠荠菜看着一只只蝴蝶不知道梁祝
一阵湮灭的晚风吹开了羞涩的故事
淳朴的新高粱映衬稚嫩惊慌的年代
幸福在刻意经营的蜜罐里成熟稳重
在貌似深情的夜里绽放重复的迷蒙
别用樱花的口吻告诉我腮红的颜色
薄纱缥缈翻飞，惊动了多少灵魂
把所有的光线，都别在胸前
才可以久久凝视
这个似曾相识的春天

街衢

那些清新婉转的深蓝
恰似山峦水岸的几抹线条
踏起的漫天牵挂
甘冒钓钩网罗凶险的鱼母
一篙子撑开了两岸的绿
一桨子涟漪摇碎了晃动
缀着新绿的树枝摇曳
泛溢着张开了毛孔
街衢幽长日色缓慢
春雷，从云朵的边缘滚过
拂弦听雨，花落弦上月
沦陷，一座城的春天

素颜

杨柳已瘦如鱼骨

蜜蜂在花底安眠

香味是潺潺溪流的声音

唤醒了水底的青荇

梨花冻住寒鸦色，刻骨留迹

在美人眸子里冷冷暖暖

每一枚飘柳絮，都模拟梅花雪的样子

每一杯青红酒，都试图在醉倒前攥住春天

独自纠缠蛛网说话间，夜幕落了下来

幽幽离散，浮生怎歇

生命有时候也需要一种停顿

长满了颓废、期望、自由

让颜，素了天空

俯拾起所有星光的碎屑

火光

蓬乱的草生长着白色眼蘑
梅花巷里走失的一些断章
流光影淡，衔着谷雨凝露
没有色彩纷杂的梦魇寻访
孤月只好先于我流落他乡
用一盘被岁月腌好的咸菜
用一把跑调的胡琴
用一口古井的阴沉
用一株杨树笔直的惊愕
用一张被卷起的羊皮纸
酝酿着温暖
大快朵颐着云彩
等待着彗星的坠入的火光

境遇

银河早早地露出了深邃
斜斜的雪线又密织起来
即便我们早已饱经风霜
它们只能同化它们自己
影子重叠影子
杂草覆盖杂草
游离在季节交替的边缘
所有纯粹的冲动与清晰的不舍
都只为了远离你们称王称霸的世界
勤奋的月亮还清了云间欠下的债
在每条路的尽头倾尽所有的温柔
亲爱的，不许拉着我赤足行走的我
亲爱的，不要告诉我冬天中的社稷
让我们进入一个共同的境遇
小径清幽，一枝桃花怒放

唯美

返青的拟斑脉蛱蝶收拢轻盈
鲸啼在海上满月的夜里空明
沙巴蜂捎来神农氏的秘诀
切下春水的执拗。任熔岩酢浆草招摇
牦牛背着沉重的角，心里藏着小冰雹
暹罗猫钻进时光深处，细数
繁复的紫藤。一树一树往下漫
各色肚皮舞摇落一地酸涩和慌张
裸起的脚踝银铃儿嘀嗒
宛如尼罗河般深远悠长
被梦境包裹着的躯体漂移。或是蜷缩
在清晨永恒的静默中听见，薄雪融化
记忆的花签。萦绕鼻尖的苹果香味
清新。撩拨，姑娘十八绾紧的长发
唯美，是天地万物本来的信仰

盛大

从拉蛄蚂蚱的斗鸣里坐到夕阳昏睡
伸手可及的芦花蘸着水的灵感
迷失在长满鸡头米的湾塘里
旧的花草在原地生长出来
一掐就是一泡清逸的香
鱼拔刺尖叫,蛙向藕花深处乱跳
从悬崖边走回来再次斟满泉水
深情一片的清澈,放大这一季的透明
涟漪里无数星星明灭闪耀
碎花的红裙在邀请荷香
为了一个回声,它们准备动用夜幕
掩埋掉那一程程的忧伤
试图将幽闭的思绪启封
灵魂一个腾挪,就有天鹅飞进春天
从一只水鸟的眼里,看黄昏的盛大

夜幕

夜幕拉上深邃的窗帘
月亮远走迷蒙的他乡
湿透的雨不由自主地回眸
发黄的枫叶不经意的巧合
现身秋天的蜜蜂
翘然张望的眼眸
犹豫不决中，凉了体温
一树细碎清浅的合欢花
加上我的微不足道
在笺上，洇出了优美线条
既然上帝给了我们精神的荣光
一定要把小月亮，放进去
在天地间捡拾生命的花朵
收走，最动容的章节

薄醉

晚钟脚下匍匐着光阴

无花果去擦拭池塘的雾气

用头发制造甜蜜

凉拌着星星，晚风和松鼠的蹿跳

一朵花的世界

镌刻成缥缈的版画

解释声波里的遇见

层层叠叠地过来疼我爱着指点我

陷入人海的地下铁

把夕阳解脱的快乐

在月光下淘洗干净

看春，深到薄醉

德令哈

德令哈的麦芒刺穿了月光

无尽的金黄卷走岁月中的苍茫

热烈和冰冷同时赋予这个没有阴谋的早晨

丰富、单纯、简单、透明、柔软和可塑

节奏、跳跃、分行、美学、张力和意识

沮丧与振奋交换人生

东边的留白越来越宽

令虚无的阶梯充满不确定性

原色间色复色随便分布重组

古街上不愿留墨的疏离羊皮

向夜的圣杯倾注汁液，甜美饱满

被称为染色的背景顺从脚步

像一个缠绕画者顺从笔尖

在叙述曾经逐水草迁徙的灿烂

羸弱

山峦画出了委婉的曲线

那静水上的清晨、鸟鸣、摇曳的梅花

从孤帆的眼角

流经杜鹃啼叫的原野

茅草和芦苇起伏着忐忑的呼吸

那些罄音还是从指缝中滴了下去

衍生出一万只蜻蜓

提二斤蛙鸣填满木屋

几声鸟啼，勾兑一勺三两二钱

隐青的晴空羸弱而犹疑

框在半扇窗外

油菜稚嫩的金黄蠢蠢欲动

以为吹响了蒲公英

再拢住雏菊的青春

就可以拥有一个如玉温润的春天

断桥

从波光上渡一段昔日的因果

从丝网里漏出满天星光

食樱桃的姑娘一钗一佩，眉眼细长

细细打量那些悄然而至的寂寞

裙子洗出朵朵桃花

荡漾笑意的神情撞上断桥

随明月跃入湖中

心在如烟的诗行中涟漪般晕开

用肉体有限的时光兑换无限世界的琼浆

缠绕在指缝里的岁月起起落落

菩提珠敲醒了前世的果实

生活无非是坛子装泡菜两千年

复合式高压锅和乏味的炉火

青蛙抱着胖胖的莲藕渐渐沉眠

暮色与残雪交谈入定的秘语

植株的葱茏和每一片泥土的平静

在水一方

金盏花吐出蓝色的忧郁

韭菜虚无地填充了草色，点燃落红

缓慢洇开了古河道的血管

羞怯的青杏以及灌浆的稻芒

寄生在洁白僧袍的宁静

紫藤在对棕榈的仰视里

日积月累着腼腆与生动

熟悉而陌生的门扉翔在云端的往事

先折叠一下玉佛的旧事以及报恩塔的月光

入木三分的俗话方言力透纸背

会不会沿着暗夜的墙壁浸染到在水一方

一瓣凋落的荷香

倾洒在乌龙江的暮色里

节令的摇铃声声，光阴匍匐回潜

浣洗花开花落的静好绵恒

还是想一想冷雨过后的春山如画

香气

椰树把弯月贴在发梢上
杜鹃声声。起伏在隐秘乡野
星子落了
悄悄地降临在雏菊的屋后
破土的叶绿里有水流的声响
觑见风物的呼吸。以及
梦的颜色。碧绿、绚烂
行吟的曼妙。装点上韵脚
一种蓝色韵调的清寂
轻盈的婆娑。钻进我心里
一款薄翼透明的香气
卷起不为人知的夜色
以春天的脚步落进杯底
让我左右为难的欢喜

圣洁

一朵不想开花的芊泽
一道连缀成环的咒语
一丝冷风划过光洁脊背
一种婴儿吮吸牙龈的渴望
刺进一个柔软的城市
因为突如其来的极虐而惊叫
战栗的汗毛
用心而精心的装扮。借来唇吻
悬在头顶上不谙世事的灵魂
有时抖个不停
压下来。又被水声磨到弹起
瞬间融化了我的婴儿肥
一切没有归途的醉
剔除了表情与嘤咛。越来越轻
一切不是主动就是被动
反反复复抓不住的才是永恒

大雁塔

北极星闪烁在花瓣上

收获后的向日葵

不再追随太阳

风也说不安

也说日子过得很淡

将一地鸡毛扔到锅一起煎煮

人间的胶着就扑面而来

十三个王朝

都裸露在烤串的这根小竹签上

压住胸腔里的一声咳嗽

一只大雁从大雁塔的塔顶上飞起

顺着雕刻好的时光

试图掐掉一个烟头的灵感

以及无数个亟待证实的春天

钉子

没有定稿的时候
独自低头擦拭黄昏
明明暗暗的琴音
浮出粗线条的墙壁
一枝樱花有了感染
我心就磨刀霍霍
斑驳的叶子们
忍住尖叫和阵痛
一次次消散沧桑一跃
枯木呈以神秘之手势
掐在创造之神的指尖上
岁月隐隐
坐成一枚空前绝后的钉子

潮汐

聆听潮水无意识地涨起
不管它从何处落下
撒旦在牡蛎壳中醒来
思想才是它的堤岸
倒下去的人
有的被架上祭坛
有的被踩在脚下
潮汐是一次次庄严的布道
兼职伪装深夜流淌的神话
避开明亮。冲向暗处
冲向后花园。指向满月的手指
送走了多少以为有路的人
难怪千年前，黑海的白沙
把这弯珍藏的月光喝空
露出一生真相

厮磨

撷了一抱阳光
与谷粒的金色
敷在秋的脸上
风里有松针的香味和疼痛
风读过之后
透亮。尖锐。有悬而未决的疑问
清甜是睫羽遮掩的慌乱
一直穿白色的裙子
用白色的床单
与战栗的绿叶做旧日的厮磨
澄澈的自由。洒落如雨的蝉
丰盈的蓝。素影,无争
麦子的香味越来越淡
盛开的花朵缓慢无声

春眉

走过曲折和繁复的尽头
走过未来如许岁月
几抹曲折起伏的山岭线
风温柔地吹拂着你的发卷
为带来新鲜的风车和麦香
湍急颠簸的羊皮筏子。以及隐喻
避讳所有包含雨水的词语
每个物件都高端大气，清清白白
满阳坡的樱花沸腾了
不能滂沱的部分
是大地最后的抽离与回归
游走在纵横交错的田陌
以诗歌交谈
春天的眉毛

我的西塘

芦荻把渔船激荡的波痕一行行捞起

稻谷的芽胚披了又一层青绿的外衣

一边生，一边掩埋悲苦与忧戚

一轮西沉的凉月

析离出你的温暖

脚步声巨大的空洞，你怎么填满

柔软是一条长河

一丝一丝抽走意象

以前的以后的现在的。不可捉摸妙不可言

每日，你采集风恬日暖

深色的污秽

被明亮的洁白驱赶。点燃

并向月亮一样的太阳行鞠躬礼

在荷叶间慢慢划进黄昏

永远带着纯纯的笑意

一起读春的泥土和时光的悠长

伫立成今生你路过的一声慨叹

爱的听诊

月亮是挂在天上的听诊器
松果落下。接济了沉沦的饿鹰
在纯黑的丝绒的皱褶后面
人头落地。带有媚惑之眼
快乐。像极了挤脚的高跟鞋
在皮肤上反复摩擦，钻木取火
那些念想。如刺萝卜落缨
依稀有残留的温度。以及体香
像动词一样跳出我的舌尖
低头去除目光里的铁锈
还原成冷漠的水银
让怯怯的花开成一句砷焗过的誓言
夜色。欢愉都是别人的
丝瓜。悄悄地爬上了墙头

春风的奔跑

披十里春风
染一身天青色
从云顶洒漏的霞光
点燃星星。走丢的翠鸟在鸣柳
花瓣雨
潜行在嫣红和白粉之间
惑迷成三月的桃李
忐忑不安怀上了果核
豆角垂下来，芦苇弯下了腰
为那些雨中的稻子
也为那只丢了翎毛的翠鸟
一股股饱满的时光
守一颗珠圆玉润的琉璃心
在原野上蜿蜒。奔跑

田间

金樱子繁花若星

杜鹃花动了一山春色

捕捉禾花鱼的卡其布

与水里面的天空一样蓝

野莼菜。绿茸茸的长发荡满了一条河

煎煮着雀跃的小银鱼

向田螺抛下去绿油油的禾把

星光饱满，灯火

一颗一颗明亮的耀眼

一路翩跹的蝶翼。一双一双

甜蜜丰盈。占满了眼瞳里的光

那些点亮生活的四叶草

凭一袭淡紫

轻盈你的梦

芒种

红叶李翠绿的叶子剥落
换上一袭暗淡的花果
窗外雨水清瘦，近于软弱
漫过了千里之外的微凉
撷取一些素净，研为细末
黄扇鸢尾兀自摇曳
囚禁在纷繁之中的花香
让每个字都充满情绪
画骨人。深嗅这个泽草的夜晚
促膝天空
沏了三千问候
饮了半盏月色
耳语的梵经细碎
看紫丁香分娩出淡淡的忧郁
被一穗麦子俘获

亲昵

不再惦记早年栽植的树木
我就藏在兰下或竹后
在那里涤净所有的血污与沙砾
每一个清晨和黄昏
每一个孤寂和热烈
保持着童话透明的宁静
操心笔管里流出酒精
涵养白驹过隙的禅意
在自己的两鬓落霜
蚕丝月亮般地滑行
唑唑的呼吸里
与雨声达成某项神秘交易
胖了的中指遥对斜阳巷陌
就像一朵花与泥土的亲昵

春天的眼神

栽三株柳树

种两朵炊烟

微风藏起鸟鸣

细雨染亮榆钱

芜杂交错的翠绿水草

一遍遍地催更着漫卷漫舒的云

一串串来自紫穗的风铃

烙下了春天的眼神

金盏菊把这面坡笑出了香味

在一碗高粱酒里

温上春色

撺掇着矮矮胖胖的树菇

蘸着粉红的桃酥

把列位看官一口咽了

入禅

守一座空城
画出莲浮清水
词句滴酒不沾
在西塘藕花深处
结成花苞或者刺针
你若不在
我便入禅
旧了一些花笺
长了一些黄昏
挑选词语。缓缓递出
半塘烟雨一点墨色
做回寂静的主人
去解剖入骨三分的尘埃
等蔷薇再倒一杯酒来

湘西的年

民俗社火修平内心的夹渣和毛刺
紫檀为骨的灯笼，缀亮瓦菲的鞋尖
春联矜持于自己的红颜
提醒每一个门楣
将往日积攒的忧愁散尽
自己咽下一枚悄悄叫苦的月亮
把没有绽开的鞭炮
一个一个都踩成酒碗
肉在锅里。一边做猪头
一边翻跟头
血豆腐。一百摄氏度才有凝固的胆子
伢仔踮起脚尖
小手伸向红润浓郁的年里
甜甜的眉眼
顺着炊烟
又弯了弯

下酒

环绕着的荒原明亮清新
风放慢呼吸
一侧吹凉
一侧捡起温暖的狗头金
提着裙子，接着星星
在没有仙人球的阳台上
晾干心情
点一盆火
煎煮着骨子里的黎明
再拎着月亮
追赶一城春色
至于星星
肯定留着
寂寞的时候
下啤酒去

星星的勇气

紫藤萝爬满了墙面
屋角葳蕤着一钱不值的情话
上帝正搂着怀孕的圣经
烟头。短视频。遥控器。堆砌
不可丢掉的灵魂到处都被撕裂
独自一人首先要学会回望
把星星的勇气
捧起。撕碎。改形换迹
用一夜听雨的清醒
摒去午后的恹恹
用书卷抵着腮角
把深刻还给深刻
把世上本没有的春天
一步一个血印地走出来

四月的长裙

一带烟墨飘过城邑村陌
一处河沙。一处繁花
披着胖叶子的商陆还未开口
一大把蒲公英已在谋划远嫁
反复折叠的月光
隔开一页又一页深蓝和浅蓝
湿漉漉的盆栽
郁积生冷的紫香
美丽着绽放了一场又一场
等看迷路的三色堇
找到了星河里的家
你猜
四月的长裙会不会在树下盛开

未经证实的春天

浅梨。蘸雨，溶解于我的眼眸

米蒿黄色的小花

一树一树往下漫

抽了卷须的扁豆秧

每长一毫。就赶紧

吐一口绿色的仙气

芦笛的音孔很浅很浅

脆生生的青杏。玲珑剔透

刁钻的花栗鼠。玉齿朱颜

把玛甘泪藏进诗的内核里

一个未经证实的春天

内心总有冬的惶恐

从夜雨中醒来

一枝青色的灌木触着我的肩头

巷下路

伞沿勾住檐角

蝉声编织的瓜果篮子

躲进井水中

熟透的本地芒果

坐在枝上不声不响

刚出炉的水煎包

以及，不安分的橘猫

充盈了一条小巷的想象

凤仙草在兰花指上

涂满裸色的烟霞

茉莉花。截取星星的脸颊

请一盏黄昏作陪

一张旧荸荠漆木桌前的对视

清甜了一段烟火人家

仓山电影院

都说底层的遗体没有伤口

为什么木棉凌乱的白絮

还在不甘地磨蹭你的旧墙

饱受饥荒打击的蚊子

伸了伸骷髅的长腿

开启你雕花的门窗

每一星灰尘都因阳光而炫目

信天翁在你的穹顶

啄下爱侣的念想

不远处。仓山煎包店

用一碗曾经的鸡汤馄饨

守着老电影院的荒凉

空荡荡的夜风将晚香玉劫走

把一瓣瓣清香挂在你灰蒙蒙的布帘上

三十年前。小小的我

在你这里看过黄河大侠

酒神的繁星

云的香气是诗的引子
虔诚的执念
一丝一缕地堆积
翻卷你的执迷
倒腾你的往昔
看到了喜悦走向荒野
低垂着眸子
这一盏月光饮尽。切换梦境
在偶然和无序的寂寞里
熔化往昔的淤积
丰满的理智。破茧成
最热烈的流萤
投靠了悲剧的酒神
不经意就溅起了繁星

白马河

星光折叠成一条清澈的河流
过滤白马河早已花白的炊烟
稻香弥漫的夏夜
渔者摇出荷风
猜桑麻的运气
河堤的蛙鸣
硌醒几许闲闲的船橹
长长的影子那头是古代
看见画手的丹青
听见酒歌的鹿鸣
微微招手，最深情的一页
等你捂着嘴儿来
闲斟两杯花酒
细描一弯水月

青灯的梨涡

窗外沉积了太多云色
酒温。香椿芽。上好的季节
月白的堤岸
线装经书上
薰衣草绣下的备注
那些时日，就着玫瑰下酒
温度降落
茶和你我
皆趋向一缕素淡
佛边青灯
梨涡清浅
木鱼并无鳍棘
卡在咽喉的一句离别
想必到了因果

分神的一刻

一天星子明灭
一盏灯把远方摁进一杯茶里
一朵葵花远渡长空
在长短句忧患的韵律里
唏嘘成疾
一管觱篥
把姑墨的权杖
吹成了万顷流沙
一缕很轻的歌声
反复冲洗佛的模样
一场空前的绿肥红瘦
接住节气的暗流
一片花瓣夹在诗集中
接住了聊斋分神的一刻

横江渡

浓淡光影做衬的黄昏
江湖甚远。河流描着眉
柔软地落入飞蝉脊背
无数流进天河的星朵
剔。一节山
刮。一汪海
谁从乌篷船探出唯美的白发
打捞起一江星辉
轻轻倒掉一杯酒
在前尘旧梦里醉倒
采香入袖
细心擦净蛙鸣里的污垢
在栀子花瓣落下的那夜
让春夏走进来

chapter 5

/

汁水淋漓的失意

胡河清文存

这一世他白衣而来
沿袭着惯性如年的感伤
一瞥犀利的目光
神情和服饰一样素净
用多少寂寞
去放牧成群的文字
紫毫落墨，揪出
万物私藏的所有影子
把文字和骏马、虫鸣、星辰、风声
演奏在一支单曲里
陆续掏出一页页浪漫，一件件传奇
单薄的文存里流出了
千万年的清冽回声
和他并肩而立的伏羲老祖和女娲娘娘
一个人有了魏碑的稳重和瘦金的飘逸

告别

那个叫陈翔的学长，去世了
残留的日志里没有散文诗
只剩工作的日期
许多人迟迟早早地浓墨登场
按程序表达真真假假的哀悼
生命就此清仓
人生的最后一班车
把他送到坟场
徐徐吹来的晚风无聊地考证
一笔轻烟的去向
墓碑是电脑所刻
字还有些文人气
眼泪绕过碳粉，在雪白的 A4 纸上
画出一对明亮的眼睛
还有，2002 年的世界杯
陈旧的系楼门口，戏谑的那句
喂，意大利人！

注：陈翔（1979—2012），福建南安人。安康学院政治与历史系讲师（去世后追评为副教授）、武汉大学历史学博士。中国唐史学会、早期中国史研究会会员。2003 年 6 月，毕业于福建师范大学社会历史学院，获历史学学士学位；2006 年 6 月，毕业于陕西师范大学历史文化学院，师从杜文玉教授，获历史学硕士学位；2010 年 6 月，毕业于武汉大学中国三至九世纪研究所，师从朱雷教授，获历史博士学位。2012 年 10 月，逝世于安康学院政治与历史系讲师岗位上，鞠躬尽瘁！

玩

新年钟声荟萃着闹钟

短夜轻狂而甜蜜

呼吸忧愁与欢欣

尘世里

流行门当户对的婚姻

习惯同床异梦的孤寂

童话和忠诚

只是没有其他选项

才凝华为时间的道貌岸然

好好做强者，做好强者

用与人为善的方法

将月亮诓入下水道，玩

白蚁

老旧佛堂的尖顶上

一丝丝肉屑般的闪光

绽放出虔诚者的思想

像胡狼在瓦菲底部巡视领地

在心里计算着幸福

盘算一下自己怎么才能

把四围的土层一夜颠覆

从伤痕的原木里

长出冠军、歌星、英雄、大师、领袖

不管怎样的锲而不舍，或怀春流落

穿山甲都只是卷了卷舌头

这幻象的江山就此倾覆

大哥，快点上路吧

轴线

一道虚无的轴线

纠结在自愿和志愿的文字里

不仅卖不掉任何内涵与外套

还收不到任何的尖叫与呐喊

一只鼻子正穿越旷野

以菩萨慈眉，抚摸你曾经的花瓣

潮起少女细嫩的红晕

一下子就扑腾在眼前

想起那些骗人的一惊一乍的故事

依旧怀念千疮百孔后的那点美好

写诗才能屏蔽自己的衰败

想来想去，只好把春天倒过来

最上面的一层全部送给你

以一场盛大的脱胎换骨的白

牵出鲜活的黎明

凋谢

椅子上半旧的蓝花棉袄
落了些细黄的枣花
凌霄一朵朵钻出来
像一个孩子揪着另一个孩子
杜鹃花扯着嗓子
粉红色孜孜不倦地投影春深
可惜人间凋谢从未停止过
樱花淡淡的，像稀有血型
这么浅的花色，绝不会煽情
稚嫩在麦尖上慢慢地点了一抹
清晨的绿光
看到新生时总也看到衰败
剩下人格苦苦经营破旧的人生

尘埃

有人讲历史的巨人从不靠个头

拿破仑法典照耀笔尖

晏子春秋里繁星吟游

我们这些行走的动物才是鱼群

每天都被老天爷放生

活着要么血溅五步，要么摧枯拉朽

活着要么百战成功，要么横刀立马

彻底静寂在任何面具的背后

剩下的骨头称不出什么宝藏

云在青天，断臂松爬到了墙上

历史的肋骨看过去有倾斜之美

水还在净瓶里哭散落的麝香

管他那么多的经卷在哪一阁封藏

反正

没有一粒大尘埃

能逃离这个世界

惶恐

亡灵的眼珠泛起鲤鱼白
罗盘吹伤的旧坟在哭泣
昼夜分隔开花朵和地狱
碾压着视野的逃逸
在下游弄脏了上游的河水
常常深陷肉色的指纹牢
听，案头笔尖的挫牙
在夜的黑暗中露出犄角
保留着各自存在的意义
就像春风
剪断二月惶恐的尾巴之后
死在繁花似锦的春天里
死在昨天不告而辞的春天里
死在充满了无限希望的春天里

崩塌

骨质疏松的旧程序时常崩塌

带血的爆竹

撕裂开胸膛

伸出血腥的舌尖分娩黎明

幻象时不时欲定格成真理

功能性的嘴唇

撒谎也是无用

背上的尤克里里琴声悠扬

一段光影斑驳

仿佛阿尔茨海默症的乱码

惊悚着无情的心肌梗塞

是漫长而粘连疼痛的过程

怀疑真理是人类最高贵的气质

时代是一本过期杂志

仅此而已

位置

清明和解了万物的枯萎

哭泣与欢笑都停止更迭

杜鹃将生命浓缩成褪色的照片

墓碑背不起人身后悬着的空气

潜游在发丝中的刻骨得以兑换

青苔的攀扯，洞裂心扉的疤痕

被失败者有被失败的谤论

构陷者有构陷的道德檄文

每个人都想找到自己的位置

最终也都找到了自己的位置

那些迎风而立散着青芒的石刻

不是朝圣却也是要深深地叩拜

缀满了暮野的星星和一树叶芽

毫无顾忌地盛开在我眼睛上

向着皇天后土做着最后一击

挣扎的灿烂

一条虫在盐焗的思维里爬来爬去
步履蹒跚，框架囚禁住遐想
排位式的审美，可有可无的庙堂
微微上扬的眉头，触底后的反弹
黄金的，笑容泛着神性的光辉
有无尽的激情在胸膛
不知道有人刚被刺穿了肝脏
朱门外，一直叹息的红墙被烙了疤
为告别疏散，高呼呐喊
当你放弃了挣扎的灿烂
世界就轻轻一笔把你划掉

套色木刻

花费我一半的苍老
我们还是回到从前
漫步阿拉伯海小调渗进君士坦丁堡的砖缝里
床与桌子的边界还在艺术中争辩
黑色的文字搁浅着端庄的雪白
在一页页曲谱里找到消失的阿狄丽娜
卖掉四十大盗的阿里巴巴
从诗外潜回五谷轮回之地
拿着薰衣草写下备注
1953 年的贝克特正在等待戈多的出现
抽打骆驼的鞭子。也抽打华丽的诗句
街市明明灭灭的灯火
有如尖细繁茂的套色木刻
还有婴儿的小手第一次接触空气
多少欣喜都只是这浮世三千的转瞬一息

凝结

日子的肝肠拖在流水线上
写下轶事，然后横笔为桥
第一刀就切断雪线
最后一刀必定见血
找一种名义把死亡禁言
阳光就把闪电踢给人间
一切便都有了和谐的秩序
不必叙旧于旧的人生站位
一个飘逸的丽人扭动腰肢，就柔软了
一群人参加完告别遗体仪式后
就都有了一个全新的身份
弥天的慈悲敲打成远去的身影
空气里凝结谁的手势
像蹲在丛林里等待外卖的华南虎
正如古人吃了祖先又被今人称为祖先

负重

飘逸的裙摆上有多少本金温度
打探昨夜醉情的白炖鲻鱼
没有在灵隐寺抓掉自己的头发
踩着无数朝拜者的枯骨登上高峰
屈膝、顿首，五体投地或者号啕大哭
猪油炒米的香味熏熟长满结节的肺叶
任烟火挤占多余的部分
荒凉又温暖，温暖又荒凉
都是岁月沧桑中的幸存者
在参与或被参与的搅和中
努力伸长各种长短的喉咙
满眼都是青铜的光芒
以久久吞咽的孤独
带着铁的负重

戒尺

岁月里的面孔浮标般晃动
流水的额头长满唇印或者痘印
那只腼腼腆腆的虎皮鹦鹉
叫得顾盼流连回眸一笑
那是去年敲过门的探花郎
笑容积攒得太多沉重得出水
弯下去的腰再没有直起来过
矛和盾对峙鼠标与键盘共存
凝聚天灵盖对心灵的敲击
坐在岸边的野草很快淹没星空
纷纷腐烂的年轮长出鲜嫩手臂
收割与我雷同的艾蒿着实费力
求索，属于一把旧戒尺的风骨
特立独行，站立成自己的姓氏

缪可馨

田野是黯淡水墨中拖沓的一笔

大雨就让植物的往昔——现形

最底层的沉积岩已数不清被多少百帕压向地心

骨瘦如柴，佝偻如佛

被晾晒、分割、深埋

君子兰大嘴张了半天

刺激的辣椒点了一把火

早熟的不仅仅是庄稼

除了肉身一无所有的孩子

拼着把自己稚嫩的头颅折掉

起飞，划破蓝色天际

燃烧那犹如永生的动能

血浆溅出，染红一片银河

骨折的小手还举着一大串星星

每一颗都能点燃涂抹了厚厚松脂的庙宇

花谢的声音一如大地轻轻抽泣

偷偷旁观的我恍恍惚惚地想起

地狱往往不在地下而在天堂的隔壁

还活得好好的那个人叫作许可馨

掩埋

满院行走的是赤裸裸的贫穷
市井的陈设依然在宣统年间
像一幅素描的阴影部分
从一朵凋谢的桃花里走出
一遍一遍读书
别人一次一次高大
一次是民间写作
几次下来就成了学院派
子规声里巡视人间千秋
举起剪刀，裁去身上多余悲凉
风骨已成，默然败回云岫老巢
人生反复折叠
打扫得干干净净
感知皱纹的锐度和彼此刺痛
空格键停止三秒
掩埋自己和愈益沉重的孤独

下坠

海水漫过红树林的根部

月光向石厝的窗内伸

荒土被刨出新鲜的创面

风跟着呼啸了两夜

水缸里的金鱼孤独了三天

两片涟漪圈住了整个人心的寂静

农历的青红酒是清亮清亮的

在喑哑的锡器里

收到一粒陌生的鸟鸣

鹧鸪衔着一山的寂寞

气喘吁吁地赶回来

止不住的后退止不住地下坠

为弥留的黄昏掩泪

上车

靠迟疑的唇语哺养消瘦的半月板
丰收后的大地弥漫着死亡
钉在那里，脊梁独自生锈
蝴蝶骨背着荆棘一直在攀登
汗水把咸涩的生活
粘在几张薄薄的红色钞票上
在酥松的肩胛里唱着小曲子
那些经年辗转被证明错误的行走
那些沟壑里已隐忍了多年的风雪
像落枕前的图案，给黑夜
安一排锋利的牙齿
中介小哥说
再等就没有贷款额度了
趁着墓地还便宜就赶紧上车吧
这次买房不能再输给别人

咸鱼

太阳故意玩个神隐

空出来的时间刚好拿来寂寞

最黑暗的时刻会忘记抬头

在白纸上画灯管、麦苗与缠丝玛瑙

最沉默的时候

能听见最空旷的笑

大地上没有永恒的模样

人世间只有苍凉的语言

江湖里只有断了的船桨

用流血的手，一下又一下

深沉下去的，都是不愿示人的断掌

温柔的目送自己走进明媚的沧桑里

起笔，润色一世烟火

一些咸鱼恶狠狠地吐着腌渍的泡泡

苎萝

蛇迹绳纹的往事潋滟铺满水面
沉底的茶芽宛若熟睡的婴儿
我在时光外
敛一壶沉钩幽思过往
苎萝村是一个筹码
你是一个赌注
败给金灿灿的权杖
败给了阴森森的屠笔
败给了沧海桑田的蹉跎
败给了正襟危坐的道德模范
长满青苔的猪舍牛栏
老僧捻断了虚无
观几朵碗莲
也观獭舞蛙唱
一被子的温暖洒进巢穴
住进一首歌

胭脂泪

世间的不公罄竹难书

底层的酸楚无人知晓

生命只是长线上纠结的绳结

在粗糙墙上挣扎爬行

十指间流出的胭脂泪

像来自黑暗魅影的咒语召唤

影子披满了被风吹出的褶皱

苍狗遗散成人间所有的仰望

以筮师手中法杖的名义

试图叫醒身在尘世的另一个真我

来这里接受这稀泥的度化

黄昏怀抱慈悲和落日

宁愿相信神佛或者萨满

任何人都会变得狠毒

只要他一次次经历过失去

开刃

天空布满呓语的水银

赤脚碰触之处，一株草开始啼泣

弱者躲避光阴的手段也被厌弃着

雪上，木棉花下。有吃梦的兽

长着一只又一只缄默的耳朵

压抑，是一块燃烧的木柴

焚出一副副不屈不挠的活报剧

魔法盒开启前

请确认好程序

轻轻把时间按下去

山径边殷红的曼珠沙华

嗜血得这么简单

多像一块等待开刃的铁

诗歌的面目

走在紫芜靡然的路上
城市的星星都绣掉了
隔着自己的一缕白发
瓷实的曼妙直击一枚朱砂
绝色的野蔷薇爬满了枯枝的篱笆
用喧嚣赎回的角落
只够一个灵魂隐身
看到诗
不一定能看到诗的面目
一种目光与另一种目光
寸寸掉落
在陌生的时间里诞生
在陌生的时间里死去
一朵蓝色矢车菊抵住了倾斜的悬崖
悄悄读完普鲁斯特手稿的最后一章

瓷碗

拒绝领一只精美的瓷碗

注定了一场孤独的凄迷

皮包着骨的萎缩了的小臂

素手一展

幽幽的磷火般

游走于世界的罅隙

看行道树的脊梁像蛇那样倾斜

因为追求阳光而扭曲

多像那些委屈了一生的人

只能仰望着别人鄙视的神情

揣测着别人深不可测的心境

向着一个方向以相同的姿势伸出手掌

多少人的一生努力寻找自己的背景然后发光

多少人心里布满了鱼鳞

活成割据在黑夜里的一双眼睛

打火机

子午谷里的一枝花草仰起脸来
棕桐撑起半轮明月的天空
有人梦中簪花扶鬓。跨马
最肯梦见自己在殿堂上宣讲
在指尖上天天祈祷神灵
老妇人纡尊降贵。有些蹒跚
在绿帷深远处站成背景墙
两支蜡烛似乎更接近神祇
一靠近欲望就被点燃
自导。自演。自我欣赏
如果世界满是天堂的光辉
那一定把地狱藏到了别处
翻开我们被人为做旧的故事
掏出打火机把结局狠狠烧毁

湿婆

湿婆向阳的日子，阴影是我必不可少的绝句

如环绕土星的冰石光环

渐渐覆盖所有的抽搐

还想打捞起新一轮黑暗

在巷口贩卖满是虫眼的苹果

换取包含希望的卑微

灰心的云彩在缓慢流亡

足以柔软我森冷的世界

一本画了浅眉的书

张张页页给我满口生香的馥郁

驾着残破的生命大巴

与轰轰而来的时间列车迎面狠狠交汇

沉睡的冰凉扑面而来

我赚了

内涵

云层低垂的阴影一寸一寸挤占着空间

像无数双戈壁里干枯的。遥对青天

颧骨上的黑洞

看着都要发霉的雨

还在质疑风的稚嫩

贵宾的爪子，连同抱着它的女主人

珍珠似的光缕补充着生命

抓住上天给它的一切奖赏

在梦的外延部分找到诗意的糖果

春天的苔花却只有一条路可走

火把要放低

要照脚，要照路

炫着五彩的光芒的美狄亚色调。从眼神里发出

一首歌的内涵

我在尘世不断地退却

我在尘世不断地退却

叽叽喳喳的领袖气质

错失在被平庸的岁月中

像是松树下的几只麻雀

我在尘世不断地退却

词汇被肢解。裸露残缺的偏旁部首

在陷阱开口之前，就攒到足够多的失望

一个按部就班的程序

还在撑着个顽固的自己

我在尘世不断地退却

却还有更珍贵的领域需要保护

诗、音乐、哲学和冬日的曙光

瓦楞上墙角边无法破译的青苔

落在那节枯木上

顿悟

黄昏又精神分裂成细碎的影子
梧桐枝头贮满细雨的苍绿
正楔入人类无限深远的天空
谁带着岁月在走
在暮霭沉沉的春天里睡去
谁令时光柔软如云朵
如惊飞小鸟的青桑椹
酸涩落满一地
泪珠落在皮肤上
这个寂静的寒夜
人世间的一切都会消失
以照片的样子薄薄地夹在书里
禅宗是一种顿悟
穷人却在愁苦中把自己顿悟成上帝

莫兰蒂的夜

一条主张虚无与荒诞的路径
巷角的风和街道的灯缩成一团
墙根都躺着被腰斩的蛇形枯枝
见过故事中七窍流血的红土地
告诫生命中一切有准备的灾难
咳出了勉强咽下枯萎与嶙峋
是我整个盛年时流泪的潦倒
拒绝寻求催生黑暗与腐烂的盖子
好像水箱里的鲸鱼正在窒息
人老了，还被逼着懂得弯腰的必要性
低头看见。苦楝树大片的伤口在发芽
大概
时不时从夜里爬起来哭两声的
不止我一个人

蜘蛛

倚着老槐树结网的几只蜘蛛
修道成形。像只幽灵般地皱着眉头
有浓密的黑发，众多的手掌
在高树。有恃无恐宣告主权
圣人一般摇一面鼓，藏一卷经书
研花草枝叶的墨砚与精气神
转身向季节说出最清脆的诺言
再著一部晶莹剔透的九阴真经
理直气壮地向亡魄陈述铜的身份
让凡人的梦都化作蛆虫噬食的坑
让头上戴着接收天线几苋烂树根
活成尊贵的盆景
最关键的是
有求必应的它从不以真面目示人

午后的水妖

灿烂如刀如血的斜阳吞没
杉木桌子上散着几本诗集
早已脱蜡，风干
这文字熟悉地烫嘴
地平线带来生来平等的迷信
上帝的沉默让众生冒险
朵朵云絮浮出。阳光里暴晒
投下的阴影调整着轮廓
无数的羽毛等待施咒
蓝发的水妖早已被祭旗
声音却被锁在肺里
近乎百科全书一般的静寂
陶筹散落，鲜血像腹语一样
咸鱼翻个身，雨点敲在铝皮上
你的真诚是你的债务，以及你的生死簿

过了保质期的祈祷

复活节是被推荐的正日子
岁月的胡楂总也剃不干净
发了疯的太阳亲手拔掉苦命的葵花
买回来的祈祷是不是快过了保质期
瘦得像一句斯巴达谚语
利益的丰腴才将将映入眼帘
谎言就见字如面
将一直拿在手里的虔诚悄悄地放在身后
一条条被地下河进化掉眼睛的银鱼
一个个永远被判死刑的矽肺
廉价抒情替换不了被压抑的惨叫
韬光养晦。像一只冬天的白熊
竭力求生喝那口血
所有的风霜皓首
都是因为别人的繁花一树

睡在即将收割的麦田

与被落日烫红的脸一起
摔倒在切分音的底部
偌大一张雪白的宣纸，铺开了
啤酒是最廉价的安慰剂
一场歇斯底里的徒劳
在别人的嘴里竟然慢慢地腐烂
半两曲的蹉跎穿透了内心的临界点
不敢敲门、聚会、看龙门石窟
刻刀的寒光被月亮射出
在另一个维度上找到了真正的自己
酿酒就是为了干掉清醒
人活着与死亡时都会走火
一个本质的虚无主义者
真正看过了世界的参差

大王叫你来巡山

茹毛饮血是一幕话剧

是麒麟询过人间了吗

野兽打开一些碧色的眼光

暗含青色的历史和汹涌

一身的锈迹，有如春天的篱

看客起承转合，掐断俯仰的腋芽

捋出了微笑、体面和优越感

如果你实在要吃了我

请不要专供给你们的大王

很多人的良心都没有长肉

我的血算是维生素的饴糖

很小的星星受惊躲在萤火虫的腹中

将思维炽烈成钻木取火的焰花

仿佛是一个陌生的梦

天边，祥瑞冉冉

蚩蟆

几只去了势的蚩蟆
大悲经中修炼成佛
占据着厚厚的扉页和有限的阳光
盘踞一方素墨
绘字俨然铿锵有声
书写太监们鞠躬尽瘁
还想让苦难
时时刻刻就悦动在我的腿上
陈旧的蟑蚁笔。像柄饱受惊吓的老匕首
在自己肋骨间生了锈
与红阿斯对接
一定要仔细解读故事背景
不让生灵葬身规则之地
就会让生灵死无葬身之地

佛系

虔诚地听了歪嘴和尚念经
屏息凝神开始修行
十七年。跟在豺狗后面的日子
被饥饿锋利的刀锋逼着
蜷缩在生死之间的音阶上
一边战栗一边哭泣
想要舔舐着一小块注水的冷猪肉续命
仿佛自己才是那个专门破坏盛筵的多余者
那些不可删除的泪滴。骨髓一样沉重
放下发黄的般若波罗蜜
当一抹血腥那么甜地欺进眼底
才想起额头上那么美丽的虎纹
貌似纯洁的冰雪
总是猝不及防地令人致盲

视力

高温审视这个世界
接住来自乌托邦的隐喻
勉勉强强把一只虫子拔高成光子
却不幸被艺术击中
打翻了火炉上的锅
溅出一地红背异箭毒蛙
生命的真相沦为空谈
肉身肥美。思想的蜂蜜高人一等
苦水找不到出口
它还要把一捧被歌颂的野麦种
献给中暑的大地
这个夏天都这样了
居然还有人说
太阳的视力很好

脉搏

年华蚀在燕昭王黄金台的铜绿里
据说在镜子的反面。偶有菩萨发生
加持尘世，或者轮回
煤层里让你们费解的钻戒
从门缝塞进来一张邀请函
婆娑相同的语言
低头妥协的方式也协同
恶意就是说不清道不明的刻意
修辞永远是多余的部分
彩色中的黑白故事是别人是的事故
咸湿壮阔的花一直开着
风雨勾兑的夜晚
灵魂深处的每一次阵痛
脉搏不肯死。以微弱的抖动
等待着，一触即发的澎湃

蓝格子

孤独成一杆灯

买走了黄昏的富春山

将隋的诗意粒粒细数

后面的吟咏是落魄的唐明皇

辗转中作出阅读的伸展

在不朽的意义上

双手接过

溺亡的头盖骨以及锈钝的铁器

掸尽最后一滴倔强的泪水

安放在史记的一侧

仅一个冷眼。那朵莲就醒了

用力地在废墟上竖起失落的王旗

充满情绪的蓝格子

就和笔墨一起跪了下来

借我一生

下小雨时最适宜拿起那把旧吉他
旋转的指针在墙上继续功德圆满
脱颖于烟火。风月如芒
苍山远成一寸天涯
秋风的骨节咔嚓作响
谁在槐花院落闲散
梁间紫燕，还是花间小香
被雪压折的竹子，匹夫白发
篱笆墙上被遗忘的干瘪丝瓜
埋在一场似有似无的痛里
承受无奈。失落。酸楚的交替攻伐
一盏一盏的菩提
请给我光，给我翅膀
给我雪白如纸，和一簇山菊花

透明的萝卜

都说一个萝卜一个坑
我是这个坑里最年长的萝卜
别的萝卜陆续变成了人参
占据了另一个小萝卜的坑
人参占了上风
开始仇视每一个阅读者
我还是萝卜
我的指尖还没有蘸过血
没有指戳着别人的额头
不再咬嘴唇
那只会让法令纹更深一层
苦难和嘲笑更重
躺平。准备再过二十年
变成一根谁也吃不下的酸萝卜
你如果占了我的坑，可要记记住了
我也曾是透明的心里美萝卜

所谓共同成长

月光盛下天空的盛大

万物归隐，旧世纪颜色整齐划一

静静地散发着蝴蝶的香甜

卸下了一堆千疮百孔的岁月

画下怀里那憔悴的玩具娃娃

银河里流动的我们

用一千年的时光来磨灭一次次的回望

失落的都可以垒成一堵堵墙

人人都行走在遇见又诀别的路上

有如黎明中的花朵

总在杀戮之中盛放

谁停在原地

生命就会露着惨白

溺死在春天最后一页的河流里

出路

海的潮汐从深渊反复吞吐

光线由东向西撤退

旷野开始荡漾微醺的风

轻咳的花瓣借月色潜入

夜晚的星星泛起啤酒的泡沫

我们沉沦水底

我的肉体遗散

如城池的崩塌

来迎接那不可逆宿命

谁的枕痕残梦在突兀人形

使劲地撕碎

彻底地还原虚无

门不通，带血的窗就是出路

荒凉的山坡上

墓碑上的薜荔爬满了生机勃勃

四十岁的骨骼

四十岁的骨骼以孤单的方式皲裂

三十六七度的代谢里

一个人的结界就是古今

失意用腹鸣术

在身体里唱歌

储蓄灰尘赡养苔藓荒草

无关痛痒的问候

渐次抵达早已错乱的额头

喝晕了才晾晒发霉的腹诽

还想肉身成佛

低头看见一只嘴角流血抽搐的老鼠

穿过野狗交媾的破败街道

抚摸着野猫的绒毛

做个初生老虎的旧梦

笔迹

瘦削的骷髅换上碎裂的表情
拉动本就不复存在的面皮
曲折的视线
闪烁在死人或活人的身上
灵魂在货架上风干十年
成为蛆虫可口的晚餐
这一生已积攒太多的水汽
孤独久坐。几粒梅花上的星星
任风自由地穿过我的单薄
这么多的空洞凝视着我
一条老狗很出彩地进入镜头
在自我总结上
重重地画了一笔
陈旧的笔迹死在了兰亭序里

还魂的陌生人

理想是一把瘦弱的骨头
在自己的四季里兵荒马乱
站在四壁空空的新房里
成了一个还魂的陌生人
面目模糊的
奔走在这世间
抱着空空的双肩
与自己自相残杀
灵魂被撒上佐料
被另一个自己狼吞虎咽
被荒废的青春
被丢弃的爱恨
指着一个看似不错的去向
笑出泪来

蹉跎

我已经沉默了那么多沉重的岁月

想象力枯竭得像史前遗迹

躲在月季花枝深处

在一朵花下啃食月光

复活的耶稣

在半人马座的墙面上

对我发出抽长气般的歌咏

这操刀而起的无聊

能瓦解多少疲惫与忧郁

那些生长中的植物和人物

和我碰撞

和我一起陨落

这个时节的鸿雁早已南投

这天下又还有多少蹉跎病的无症状感染者

成全

我的人生似乎只剩下了降落
沟壑间的攀爬就是整个盛年
自圆其说的光阴
换来青黄不接的神情
剩一只空碗
吃一碗素面
仅仅保留
一袋夏天的蔬菜和粮食
横竖撇捺的笔尖记录下
一个个弯弯曲曲的日子
一句单词
钥匙在锁孔里嘶哑发声
手中的半卷书
才结结实实地成全我

褪色

往事一天天褪色
用喧嚣赎回的角落
只够一个灵魂隐身
长出眉眼的句式
却让一群人深信不疑
一个人的清醒怅然若失
两个人的孤独锋利无比
一只巫婆猫躲进了黑夜
一掠而过的尖细啼鸣
拂手。留下悲喜
残存的魂魄
并肩走在紫芜靡然的小径上
看着凌霄花从山脚一路爬上去
又是一年，如此飞奔着过去了

中年的款待

和黄昏一起接受中年的款待

鬓角还搁浅着端庄的雪白

不知检点的鱼尾纹就蹿了出来

修订了亲友的册子

烙下了香沉的书签

裁剪掉无趣的寒暄

年轻的一切不甘地敲门

木鱼般起起落落

光环已铺满新庙

古早的种马忘情地嘶鸣

放眼台下找不到一个真心观众

剩下的鲜花是用来铺满葬礼的

不知谁是理想的主人

我真想和他讨个说法

高坠

一朵花从树上摔下来

重金属与架子鼓忙不迭地起舞

如同草原上，合群的土狼鬣狗

每一个被虫咬过的果子

无法养活愈来愈重的灵魂

梨花在佛的手里

渐渐枯萎成大脑

最好的托词往往诞生于

尺子或者天平

麦收的季节

被蒙上头套的驴

背生双翅

从一座荒城取出骨骼

拿回，属于他的一切

墨写的命运

岁月的水龙不假思索地流淌
窨井还是才华横溢的模样
掏出一生积攒的波涛
谁还不是个天才了
骊姬的九尾从椎骨生长
每一条里都有白蛇吐泡
目光清冷，扶正撞过来的生活
当你讨厌某张脸时
一定要暴着青筋
以杂草的姿态扑向拙劣
将它死死按下去
别信墨写的命运
相信带血的野火
大地会脱胎，开满你喜欢的花朵

香甜的笑容

一朵梅花烙在脸上
失语的小曲坐上船头
稗草的往事
只剩可衔起的籽粒
睡在清晨的碗里
继续写下去的孤绝
抵挡骨架的崩塌
几星旧时光的布条
带着桑叶穷苦的遗嘱
以稚子的高度坠落，不用啼哭
傻子，你说完这话
就掉进我精致的鱼篓
阳光如佛光
佛光如阳光
胜利者总是按时结出香甜的笑容

chapter 6
/
荒腔走板的选段

宋词

风吹醒趺坐的菩提

平戎策失落在村巷里

被积攒下的烽烟

把瘦金体，东坡肉和梧桐雨

从肩头统统卸下来

披在半阕宋词上

打一壶散装烧锅原浆

记住醒来的过程

和在瓦砾堆

翻找词条的词人

今生走进来世

是一个玄妙的传奇

临摹

柔暖的茶墨
更新文字融化的痕迹
蒲公英一样的语汇
杏花一样爱美的词牌
眺望秦汉远唐的旧人
寒门短衣，长桥低户
蒸发着湿漉漉的心事
婉转渗进那些虚词
临摹下一阕
薛涛笺上
卫夫人的小楷
清明有力
温柔慈悲

陶瓷

半坡陶盆里的鱼
双鳍合一地冥想
秘色瓷在法门寺的地宫
垂钓盛唐时的一河星光
鬼谷子从元青花里下山
柴门外久久抓着荆篱
洪武皇帝的釉里红
呛出蒲团灰色孤独
小巧的鸡缸杯里
成化年的姐弟恋
钙化成历史深处的疤痕
十全老人的珐琅彩
那上百年的长篙
点出了小桥流水的精品
清晰是臆念
遗忘是流年

歙砚

狼毫目光里滑落晶体
在时间的皱褶上反复打磨
有它寒冽般的香味，在字里
每一笔撇捺
每一行行书
呼唤着传说中的终极
走一程山，采一叠翠
解锁它忧郁而深情的光
滴水溅起了星星
在月下寻觅魏晋清墨
孤寂的歇在唐宋之间
呼吸都是蹒跚的省略号
吞下一个闪了腰的白天

顾绣

点几树梨花

作春妆的妩媚

月色里的清菡

盛开的那么舒展

藏在你后背的画痕

是沧桑的密码

独自前往

那个灯光璀璨的祭台

一针一线缝制的云霓

双手交出智慧

换来一点灵感

要和针刺相守一生

借柳条纹上的光阴

湖笔

灯盏啃咬黑暗的声音
在长调里随意出没
独自享受四季轮转的清欢
在划满泪痕的玻璃上
撞来撞去
唯一的洗发水是墨汁
为宣纸的皮屑狂躁
没有固定的音调
也没有回避的港湾
呼喊而出的深刻，却能
让被批评者
体面地脸红

古墓

没有了喧嚣的空城
只剩下孤寂的冥灯
还有茅草矜持的腰身
紧握生活的手
把泥土、花朵、微笑，
退到毛巾背后的光阴
把山岚，暮霭，云雾
撕成一缕一缕
新坟变旧坟
旧坟成古墓
黄金屋和颜如玉教不会沉默
寂寥的茧还在徒劳给狼毫着墨
眼前，已是一个空户
历史是需要化妆师的
时光安寂也照不黑墨汁

造字

仓颉造字时乌云密布
明河被拖拽而过
在心里重新扫描
成为延续传承的纲要
故事飘出，四周清静
混沌是世界本原的样子
混沌是世界终极的样子
青烟凝固一下即为油墨
油墨燃烧一下即为青烟
把黑的东西说白了
方块字的雏形
就是一朵朵烧焦的玫瑰
在残梦里返魂
在反弹琵琶

木乃伊

蜂蜜占据着史册和篝火
呼吸急促的古老肤色
填满明珠、玉璧、树脂、香料
你肃穆的镇定又寂寥在了哪里
缝合、包裹、打蜡和化妆
低矮的天空里
淡淡的白烟载一句经文的神秘
慢慢迟了沐道的摇铃
忘却寂夜如霜里独徊的思索
被幽深的有几颗星的历史淹没
胸腔曾发生微弱的震颤
与一头远古的狮子遥相呼应
山水和时光
不断地在身后倒塌

唐诗

蜿蜒是一首汩汩的歌
听半句偈颂
码字，画时光也画马车
去终南辋川，去摩诘别业
阁楼偶有刀光料峭
那幅有霉味的剪影
慢慢揉碎蓄久的狂喜
人蹑手蹑脚的白天
鬼招摇过市的黑夜
先哲燃烧的思想
把舞台深处的黑暗牢牢牵系
离开修炼的洞天
诗歌的大唐只是在弹指
一个词的词核
就踯躅了一袭淡青色

张若虚

一首诗长满了春江花夜
一首诗盛满了漫天星斗
不用镇静的插图
不用稀缺的怜悯
厚重的大唐反复摩擦的亮色
经年的书生藏着爆发的音符
他亲手调制的月光
至今还很白
用最后那一行墨字
交换千年以后留白
回到一首诗的性感中去
回到一首诗的胚胎里去
秋窗风雨夕
在某个人的血脉里，灿烂地流淌

鱼玄机

细如美眉的丝绦摇曳一地花的碎片

羸弱的燕子以红颜的投影存在

远逝的筝音是道观涌出的仙乐

忘记了潮红的脸颊，似有桃花带着明媚而来

那极其细腻的笔尖从此有了自我的色彩

在虚空的谵语中找一个温情的女人

看不到灵魂也看不到肉体

一次次咬紧牙关

摁住身体中窜出来的

那丝酸楚

一个吻，带着磁性的邪魅

呼喊出情人间的幻觉

给孤独的分行片刻温暖

情欲的酒酿在耳鬓织出熏熏虚虚的风

被时间的车轮碾压出清脆的哭泣

美杜莎之石

一双枯骨的五指
一缕孤独的青烟
一杯热茶在可饮的温度里
一袭森森杀气往后心穿越
两句话间的差别是你我间的差别
命如我一波三折心似你一步三叹
生是一部默片
死是一张照片
弥漫瘦弱的空间
来自坟墓的步音
捉到最远的星辰
眨动而又明亮的眼睛
握住生生不息的脉络
把忐忑左右拉成遥远
挥霍成了一面血镜子

资治通鉴

凭虚里活过的生灵众多
只对作者的崖岸高峻略知一二
一笔一画的春秋流光影淡
一撇一捺的汉字圆融通透

纹内有华，书写冷落
厚厚的坟茔是时光的阳文印章
用六韬在离水三尺直钩垂钓

纵横捭阖，睥睨人间
可以清空王座上的乞丐
或者清空鞋底下的脚印
有人心与人性的本质属性
还有止不住痉挛的时光皱褶
天堂不过在权力的指间流淌
历史只能在权力的裙下演义
聆听空气中许多声波的回荡
老牛艰难反刍出半部春秋里的桑梓果叶
时光弯曲，去哪里找帝王们兑换五铢钱

赤乌

硕果仅存的赤乌

在栅栏里实验我的词汇

光线一点点，逼进来

一鼓动翅膀

就收到了无数的嘘声

披着羊皮的人

紧抿着的嘴巴

悄悄地合上獠牙

谦卑如它的传说一样隽永

一个神住进石头，一个神走出石头

死亡是假的，混沌是简单的，盲目是高级的

黑暗更是终身的愿望

回到那一层细密的绒毛之下

学一株蔷薇缓慢攀爬的力量

历史的电光

早记不起经年的萧瑟和电光
在传统中铺设龙骨蓄长哀伤
愁欢摩挲起情怀，斟酌分量
一个意象站在另一意象之上
鱼腹藏书本来就子虚乌有
十面埋伏又稍带黄狗狡兔
汨罗的江风把国殇包成粽子
墨痕从纸端浮沉出永乐大典
长出朱和尚，小乌鸦和经书
士林可以也可能被禁锢成宠物
卸下厚厚沉沉的一抔抔黄土
羹汤慵懒了一个温暖的午后
剥开这个潮湿的回南天
把喷水车开进历史深处

供养人

窗外，西岭的雪下个不停
剑阁凝聚起暴雨梨花的马蹄
把自己扫进了西蜀的旧纸篓
努力地从脑海中给善良加戏
看到面缠桃花的花蕊夫人
还有去掉本名孟昶的张仙
时间有可能生出另外的歧义
虚无只存在于自我的世界里
黔首的惊恐演变成习惯
军阀的对峙渐变为良心
不变的败寇成王反复改变朝代
隽永地，低调地开出高贵来
模仿的结局是镜像
创造的终极为诸神
灯塔无法将人埋葬
人却愿意存活在灯塔的祈祷里
多少供养人刻姓氏于藏经之中
生卒年月可悲的不详

巡视

星星在天空左右巡视
一切都莫名庄严起来
严冬卸下碎冷，寒号鸟捂住耳朵
挑动蝙蝠的眼神、味蕾、声波
丰满的冬青树荫
放开被捆扎了一个季度的扼腕表情
文字成了椭圆，在海棠花下等雨
蝴蝶印在手帕上，馈赠也是收复
评论家笔下的唇瓣竟然如此鲜艳
像是完成了一次受之有愧的洗礼
那些形销骨立的一层一层的方格子
暝色浮天，满脸都是被光阴蹂躏出的
平淡
黑洞洞的墓穴中
一大把春天正狠狠地长出来

孤本

月光从一朵海棠的花瓣上落下来
虚妄的夜色让多少想变成虚无
下自习的手电筒失去光亮
少年时那个递千头菊的人
眼睑在瀑布中下沉
刻蚀着自己的具象
勘破花间旖旎的唇色。方格子一呼喊
一阕词。团扇仓皇的模样
剩下茉莉花垂死的清香
连接爱情九死一生的精致
所有的亲近
只是一场渐行渐远的做戏
不被辜负的答案才是今生的孤本

王者

人情薄了

夕阳红了

火烧云一朵一朵地卷走干枯的沉默

镰刀早就锋利地吐出了干净的舌头

不带一丝的血迹

删除的诗句

宛如身体内取出的牛黄，有点疼

总是忍心让泪花去点缀所有前程

颜色发白没有一点肉丝的骨头

无法捏起窗台的月光

却在一遍遍质疑我的祖籍

夜幕上看戏的星星

以染色的染色体进入最后

亲手活埋了

自己的人性

拥有了一枚王者之心

再执一个酒杯

等一瓣桃花上的星期六归来

咏叹

宣纸上的人物

天地可以是平台舞台

衔着墨风 乘着日月之光

每一点提升，都有一种攀爬

都精准地踩在我被捆绑的肩上

若灵魂有水源可寻，那我滴落的影子

仿佛一对干瘪的翅膀

咏叹，在午夜里独自嘶鸣

明天有忙碌的办公室

还有长久的瑟缩和远行

还在捡拾一些往昔的煤渣

距离长出陌生的空白

把一些苦难和不顺摁住

拽进一片片绿意和绽放

一次开遍了一整个人生

梵足

梵足惊响景语沉沉的桑陌
苜蓿开出淡淡紫紫的花朵
温暖沙窝被漫来的月光占领
无家可归的芦苇一夜就白了头
那一闪而过的思想深处
漏风的竹笛声彻夜不休
老旧的灵歌充满空无一人的山谷
日积月累的灰土堆积得宏伟雄大
薜荔埋没的永远是杂乱的老白骨
所有的黄昏习惯性让月光收拾残局
庄严的高僧看护着无数典籍和圣物
以及，文字的四蹄疾骋的徒劳叫声
从天到地增加的重力加速度
喜爱一切最彻底的义无反顾

重量

南方的柔软甜糯已经没有了新意

稻谷演算人间的悲苦和奢靡

琴弓从黑暗中拔出音节

封存在线装中的纪年

木鱼弥散的佛音无极无欲

低眉垂首，将一个个金簪插上秀发

看一枚新叶抽芽的时间太长

看几千年王朝的兴废太短

把时光撕碎

剔除甜言蜜语

剔除太平盛世

草书烹食与楷书煮酒

仿佛再找不到文字的重量

经常为历史捏一把汗

那叫心善

阴历

穿过福寿康宁四个象形文字

一顶斗笠，一袭蓑衣

拖着一田野的空蒙挤进木门

为一朵舞妃莲的开放

用一顶草帽承接光耀焚

把自己孤立出喧嚣的红尘

日落只一跤跌进昭昭星野

四更冷月是痴人的和氏璧

沿着一个甲骨文篆字的河流式的偏旁出发

重新爬上白墙、黛瓦、琉璃和玉栏

潦草又潦倒的春天承接无常世界的婆娑

质问上苍的瘦指一夜间推开了冬的房门

从诗经上一下来就步入山海经

阴历就是一个穿越生死的长梦

白马驿

长街和昆仑奴的繁华了时空
笔端的云朵是宿醉的桃花
为背叛辛辛苦苦的玲珑几个词儿
变成十三棍僧，光荣地救下了唐朝
阴谋掩盖舍利的斑斓
卢舍那大佛一眼的恬嗔
令人瞬间迷恋那个女皇
踩扁的苦难，像光明一般廉价
岸边的田旋花是光阴的恩准
仁慈在九幽之地生根开花
白马驿的血采撷着自然的氤氲
月光下锦织的回文
披着光的衣衫悄悄走了出来
它们面面相觑着打量我的眼色
除了陈胜的火把
你们休想在我这里套话

皇太极

左手握着黄金，右手揣着道义
下一盘利益的棋
踩着用无数生命垒起的血肉阶梯
登上了王的太极
一小寸贫瘠的土地
一小滴卑贱的生命之泉
一勺酒足饭饱之后的残羹冷汤
就足够让井边的蛙
以短视角抒怀爱恨离合
不谈高度，不关注深度
死去的人在疑惑着你
活着的人在揣摩着你
坚持己见的人还在不断送别
在殓诗房焚烧早已式微的桃夭

千年老二

一个铁定的千年老二
树懒一样抱着中间那段枝权
说不清的腐烂和替代在挣扎
像一尊勉强过了河的菩萨
思想歉收的脑壳长出
专门研究孙子的爷爷
每一个都自带记忆的老年斑
深深拥抱此刻的荫翳
直到苍老得走不稳时
还有影子跟上来
帮忙擦拭正义的徽章
那些项羽，那些董卓，那些陈友谅，那些飞沙走泥巴
身上布满虫口和月亮的爆炸点
缄默的灵魂开出枯萎的花

背景

铺好几多秋月春花的千里水墨

庸常模样周正的花儿们

把自己的台词熟背出了蜜

矗立在背景下

就自以为意味着某种神奇

用尾巴宣示了吃肉喝汤嚼骨头定律

那被光线遮挡的犄角旮旯

生长着用于占卜的明月

一句偈语点落一兆尘事

一同让经年高过秦砖汉瓦

起承转合过后

典当多少卑微才能凑出月明星稀

黑夜恰恰是所谓黎明的启示

青史从不收录鲜艳夺目的东西

阮籍

脆弱的竹篱。被司马氏的月光烧炙为玉笛
伫立婆娑树下的花。盈盈不语
皆是菩提
生在魏晋，自然风骨辽阔
到了孟德的面前说要不要当歌
用一滴清茗蕴染一瞬佛思
方砖写满月光，蜷在花蕊里
想酿一罐上等的蜜
一场场无关岁月的沉淀
他只听到了他自己
醉。散落的松针
猖狂打坐在一丛牡丹花里
起了包浆的爱恨是灵魂深处最好的藏品
人生在世，就活出个品相

发霉的雨巷

据说没有一首诗是和爱情无关的
整个洪荒的清虚
都进入瘦瘦的丁香里
化作撑着纸油伞的傻姑娘
盘剥的种子，扎入方圆几里
多少血色的汗水流尽
只为换取张张纸片
那鲜花下的片刻繁华
换一生清寂又空蒙的泪光
我不断地捶打语言
力图精确地走上另一条歧路
醒来。在扉页的封面
涂写小令。穿过必败的桃夭
平底鞋踩出来青铜
泛出霉点的遗迹

法事

晚霞的袈裟落在山上

庙后豇豆还是从前的淡紫色

油腻的灯盏温暖

一朵朵水莲花在他们唇上绽开

那些能量升起的无数经幡

没有一张肯卷曲自己

衣衫褴褛的孩子

有着向日葵一张张复制粘贴的脸

死到临头了

还在朝向幸福的方向

吃人的历史在跨过生死

我把腰弯得更低，更接近青砖和泥土

好了

现在可以哭了

胖头陀

永远觉不出舌头中的毒素刺激
萧瑟和迷惘已经分不出高低
午后刺眼的光线无物遮挡
禅意在听蜻蜓在身上呢喃自语
胖头陀酒足饭饱后的说教水银泻地
钓着莲荷轻拂过的诗句
骗起人来真是吴带曹衣
默读为人作嫁的清浅光阴
都似顺手拈来，又似大梦初醒的传奇
套色那些被黑色掩盖的文字
写出来都有噼里啪啦的静电
缓解不甘灵魂的阵阵疼痛
愚昧黔首是一枚趁手鲜红的印章
真正的鬼，一直都是光彩的座上宾

重读水浒

神行太保开光一道久违的黎明

玉麒麟弄墨学长生

豹子头调素琴。阅金经

公孙胜在给别人嚣张的太阳放行

一丈青学虞美人摇曳，告别矮脚虎

号称及时雨的黑矮矬

从不承认曾经对聚义厅的欺骗

李逵傻傻地从酒盅里爬出来。想哭两声

却给荆棘划破衣衫

花和尚早已了无痕迹

看到西门大郎和潘家娘子

欢欢喜喜结成连理树

一起伸腿轻轻松松绊倒我

跳下

才识得江湖的深浅

施耐庵真是个投机取巧的高手

居然大言不惭做强盗是要讲义气的

玄凤

在牢笼里待久了
足迹折断在路的尽头
一些无趣在明晃晃的街道上孤独行走
听着窗外饕餮的嚣喧
不再与世界争辩
垂头打捞盐渍的糖果
不再与自己争辩
摇曳在没有名字的荒凉里
和企图拿走全部馊羹的蚊蝇周旋
用别人倒打一耙的偏激
用半生积攒的失意
用垫脚石的心头血
去和宇宙激烈的发生关系
目送一个又一个恙虫的春天
直到一缕九十度角的圣光照临

饥饿的文字

据说年久的平安扣都不喜欢正午

因为人的背后需要影子

悻悻点燃一支烟花棒

用沙漏中流走的年华

倒映眉目，隽永水滴石穿

抛出的鞋子已化为火焰

顽强抵达。那些渐次解冻的，柔愉文字

被程序预约在露水的寒白

静寂。郁郁而行的背影，阴晴难测

思绪穿透了时光的更替

混合成完美的奶油世界

像月亮一样在黄昏里漂浮

敝帚自珍的纸笔

它从未打过一个饱嗝

卷轴

前世的纸扇镶嵌在瞳孔上

街道水蛭一般扎进月亮

咽喉造出古铜色稼轩长短句

鹅毛笔。这支毛瑟枪

焊接在琉璃指甲。虚无的甜蜜之下

象牙的诗词翡翠的骨气

翻出三皇五帝

也翻出自己的五脏六腑

酿酒似的与这婆娑世界打招呼

泼了桐烟墨的温柔卷轴

带你回到天聪八年

看万物脱水而又溺水

酒精灯里。翻出两颗眼泪的化石

让它显得越发的端庄

瓷釉

吃人的嘉年华大米草般疯长
死者。苦柿子样蒙上青霜
碎星俯瞰着你温柔的长发
那一把被火烧过的古董椅
沿途寂寞了我的一窗惆怅
不知名的花与三叶虫
从亘古久远爬行而来
披上月亮的外套
学一只鹰开始盘旋于枝头
扶住一些倾斜的事物
夜半的路灯点燃了一簇吃干抹净的箬叶
让粉彩的文字裹了一层瓷釉
把车轮的血渍送得很远很远
一字一句触动着已半衰期的我们

定风波

一件事与一颗心不可同日而语

一颗心会健忘

一件事不会

一池水的风波

居然想用一支桨的上下来平衡

要活着

就得把黑夜当成白天

躲在墙角狠狠摔破了骨灰罐子

不怕诅咒之后

留下细碎深刻的血齿痕

雄黄酒蘸满凤仙花的指头

开始守卫门户

顺便将心底纵横剑气

慢慢吐纳为秦时明月

谋杀太阳

脸皮是云脚的符灵
站在天幕的白墙
鸢尾花，满天星光的蓝
松开蝴蝶结。初夏的至臻
闪烁着明亮而散乱的希望
阳光与树叶主演的言情剧
抱抱急诊室里的死娃娃就上岸
风吹干蝴蝶的眼泪
覆盖所有主宰不了的死亡
血玫瑰上面的尖刺，穿透身体
在埋葬狮子的山冈上
伺机而动的小兽蛰伏在风声里
维京海盗高唱
我将要谋杀太阳

画皮

茶盘冷冷地晾着一滩月色
地下的仓鼠从容光顾
邀请一两个小狐狸
一些暗物质，抽离灯火
残酷，但不说谎
经过的悲伤
都长成平行世界里的芬芳
血管不停地萎谢
画皮就不停盛开
在栀子花瓣落下的那夜
麦粒有了一百个膨胀的理由
世事还在静静养着诡谲
谁在谁的笔墨里滚烫
那盏灯燃尽了最后一滴煤油

懿德太子墓

肉食者从千年前的绢帛简册踱到墙上

这些死了很久的人

他或是顶戴花翎

她或是香消玉殒

庄重或者俏皮

再不能从口中发出任何歌唱

已无关于每一个回忆和仰望

文字滴不穿的历史叫孤独

穿越漫漫匍匐的尘埃，刹那抵达

深深地吸了口气。长安回望

毗邻而居的两户草木

安放于余生半阕残词

学作玄宗

任由白发宫娥闲话

进化论

死亡是一门抽离与空旷的艺术
肉体的任意一件秘辛都值得被记载
弱者的颤抖累及每一个饭碗
落单的作家与暴君竞争喉结
成群的海鸥与鲨鱼争夺牙齿
进食的愉悦，任凭几行视线清扫
仰望着狮王睥睨天下的神情
揣测着秃鹫深不可测的心境
所有的捕捉都是那么愚蠢和无语
每个人都被他们的面具闷坏了
酒酿是微甜的。阳桃是微酸的。仇恨是最纯粹的
我的诗是心灵提纯的碎银
豢养在一场场弱肉强食的刺骨里
执着而无声

大风歌

我听说，大风起于无心的良夜

却生不出血与肉的筋络

在子夜的喀什河床，一声声地号哭

扶起它。清晨的烟花那么凉

回到一帧一帧地遇见

吻落在发间

在你低眉的时候

电信诈骗似的喊着你的名字

饮下月光和微雪，画面淡去

多年来你都在恨。多年来你想不出更好的办法

别再见，那么些不幸死于爱情的人

期盼你牢牢占据这活着的日子

直到看到别人的骨灰

认认真真地说出喜悦

不思量

听说十年生死两茫茫

最早发端于手可摘星辰的盛唐

苏轼和王弗相逢在夜的海上

元稹彷徨在寂寥的雨巷

这边离思被无数文人墨客继承

那边一头头猪被当街宰杀

嚎叫声混合着锅碗瓢盆的叮当声

打烂了李益那千年的如意算盘

历史漏下的利用

都在这里慢慢结痂

清风识浊酒

值得追寻只有太阳的丈量

现在的美人如柳

在梦里都笑出了泪花

辛亥

孤独站在某个角落里

年轻的晨曦都蹬着鼻子爬到脸上来

一个一个顶戴打开的渐次声

突兀的大大小小的海拔

一匹马驮半袋诗书

足下。顽固、偏执、沤烂的淤泥

再怎么踮脚

都矮别人一大截

多年的食草果腹

如枯瘦的老牛学会反刍

试图把所谓的委屈咽下去

咽不下去了。舍得一身剐

只怕皇帝还是不下马

多少视死如归的生命

只是无法承受之后的奋然选择

将进酒

镌于颧骨的甲骨文
只是一场前进的成熟的告白
欲望及头颅的桎梏
曾与我深深地对望
将进酒浸透了多少离人的泪
才亮起唐朝的一角
昭陵落下的水珠里
有正在剥落的火光
丝竹与诗。于荒凉中沉寂麻痹
帝王陵寝地总有思想者的坟墓
最好的形容词里总有不可述说
全能者的权杖就在你指间
历史上的真正的大盗
就从不戴口罩

白娘子

抓一把亦黄亦绿的野草
匍匐到寂寥的岸上
花下眠着灰白的蛇骸
心从身体里沤成原子
骨骼也早没了耳朵
守着残缺的黄昏
在独自数秒
沐猴而冠的世道
有多少言之凿凿
哪一笔都看似深情
斧子钝了
才会呆立花荫下忏悔
别再傻傻地把自己做矛
刺这个尘世

埃及艳后

夜的魅拉下一切现实的帷幕
尼罗河三角洲。自然用沙漠在涅槃自己
克利奥帕特拉和恺撒的羊毛毯子
单瓣的西番莲花
哈托尔好看的刺绣
法老的耳光古老、遥远又温柔
剩下沙尘吹过天地交媾
一点一点，吹绿了渐行渐远的往事
慵懒的云，缓缓地，重新铺开
句号都不舍得加在末尾的人
一次又一次默不声响地凝望
在等夜深人静
敲一小块月亮
为自己雕刻一个如意

转世灵童

夜深到要孤单地老去

月色纷纷地飞了起来

河道在热吻里暗自生长

山谷的花笑出了各种各样的颜色

胆怯者。不冷不热地活着，或者死去

无常编织的人间里

最怕真有转世灵童。扯出往事

踩踏。藏匿。要被拆掉的桥

都有一张涂鸦般的面孔

所有的被侮辱与被损害

结成缕缕幽怨的风铃

留下一朵居心叵测的花

慢慢搭救落水的月亮

等待诅咒养大闪电

击落一双总被表彰的蝴蝶

花妖

门窗让月亮变成窃贼
报应从游廊旋进毛孔
打开神封禁的那朵含蓄
尽断的经络化身成莲
静静地看着你们喝奶
静静地喝着清澈的水
奉上无数无声的尖叫与呐喊
祭奠别人的忌日
顺手在前世的碑前开满杜鹃
夜叉走过清晨
才逼出每一条田间小径
感谢厉鬼
知道我是妖
还愿意与我一起玩耍
帮我开路

参的雪白

阳光费力地穿过无数枝桠的缝隙

感染一个冬季

云在思索过程里的精确

索要六角形的白色花瓣

从雾凇里挣扎出来的水滴

等待虎蹄梅清澈的展开

一些灰白色的炕头

啃噬肉体里的隐秘

一次次叠加透骨的渴望

还有见机的藤蔓

指挥面前的烟雾

许下灵魂的留白

剩下禅定的参

团了一团雪白

在月光里喁喁细语

历史的重瞳

象形文字还在徒劳告诫傲慢的宇宙
世间的幸运早就被有心人瓜分了
来历不明的漂流瓶里
装满了狮子和沙漠
麦浪伴着新坟
灰白色的骨骼鳞次栉比
于荒凉中断章取义
星辰那目眦俱裂的眼神
填不满沟壑放出的压抑
一缕青烟的灰烬
只扰乱了麻雀的视觉
一个王朝
裸露在一根小小的竹签上
打翻药瓶时
我看见历史明显的重瞳
那是小女孩点燃了最后一把火柴

蚂蚁的阅读

绑架了一个金色的黄昏
屋顶满是蠢蠢欲动的星星
从自己的哭声中开始
在别人的哭声里结束
许多人积极认证自己被狗咬过了
高压线隔着隔音板
忐忑地向我打手势
黔首的生死是浮世三千的一息
成功者才有语言的红利
身在天堂
所有的歌唱都无须嘹亮
一只蚂蚁爬到发烫的 A4 纸上
彷徨无助地读我刚写的这首诗

帝王谷

死亡的冥夜总是狂欢
剪下云朵
治疗太阳的妄想症
特洛伊的木马，兴致所至
震裂了本努鸟图腾
缝隙。透出无量光线
魂魄不会离群索居
那么，是谁被囚禁在那
清扫一塌糊涂的月光
修补已是尸体的幻念
蛰伏不语的木乃伊
静待时间烘烤出体内的盐分
逐句测量心境
写下一再隐匿的婴儿之字
把自由还给世界

chapter 7
/
无以为伤的遗忘

旧宅

深灰的老墙偎依着病了的青藤
门环像黑漆漆的眼睛
正列举你的缺陷
给瓦菲安上尖喙
啄响
挂满蜘蛛的网子
星光撒野
叩开尘封的门环
徘徊在梦与醒的缝隙
屋檐下的水渍是时光脸颊上的
两行清泪
那是风的灵魂
在阐释着水的欢乐

走出冬天

走进冬天

才知道黑夜是白色的

瓦上的白霜已无法矫饰星的粲放

月牙的眼眸

倒映泛白裸足渴求的呵气

北风举手投足间

那叠叠码在手上的季节

如阵阵搁于天空的飞云

铺天盖地的湿冷里唯有人的脸是温暖的

在春的颂歌之外

我望见你走出冬天

望见雪花

望见桃花

鼓浪屿

蓝色的涛声外
顽童诧异地探足，感觉七月
大海隐隐含着一枚苍郁小岛
飘浮，挪腾
一吊悬垂的岩石梯
扶住一片阳光
衣着艳丽的泳者似蚁
拥挤在日光岩上看日光，
扶手链一节一节尽是扯不断的斑迹
宛如陈旧的牵挂
无数新的人在这里
望了一眼爱情深沉的旧伤口，说
偎紧我的怀抱
闭着你的眼睛

黄昏

我的爱人是黄昏的风铃
拉上窗帘抚摸梦的驿道
晚稻挥扬着黄金的手臂
雨滴落下邂逅的印迹
一片鸡啼
几弯炊烟
归家的足音一片葱茏
凝眸你的脸
佳酪的清澈
盛下寒冷的明亮
那平静的凤尾竹林
枝梢上悄悄的铃歌
沉默的下一季
不知
系在哪里

粉黛

暮色又至

西风如酿

风却不似昨天

丹枫参差的熟红

如唇印深深浅浅

传说中袅袅炊烟

风一般寂寞

夕阳像个孩子贴在窗玻璃上

窗帘的笑容渐次泛黄

童话终将老成传说

谁也不知这双手

会在哪张粉黛上着色

蜜蜂

草木渴求着一场淋漓

需要彼此寻找闪电

花朵精妙的轮廓

蕴着潮湿的眼睛

丢弃冷的记忆

舔舐着嫩嫩的芽尖

最迫切的需求

最真切的拥有

干干净净地在一起

往深处灌注甜蜜，也开垦痛楚

蜂巢就要来到的高潮

无从测算的撞击

无从解析的命运

无从比拟的清澈

春夜

萤火虫像撒满人间的星子
同构一段微妙绮丽的时光
落寞开始斑驳脱落
得到一颗洁白的月亮
喘息片刻欣赏几分钟的霞舞
娇艳欲滴，喷薄欲出的张弛
占有了今天很多的时光
鼓荡出旖旎的声音
体内最后一根跳跃的神经
重新定义爱的虔诚与宽广
小花骨朵一声尖叫之后
满血复活
一夜一夜春雨如潮
回眸一刻如诗如画

二十四番花信

翻遍江南烟雨的二十四番花信
看似温柔的时光在流水间流淌
小纸船的梦唱着歌在河上飘浮
忘了那掌舵的艄公摸鱼的小童
撞破荡漾的倾覆，血脉间隐匿的小鹿
朱砂梅失了色，再也披不上谁的肩膀
夕阳正把人拖进无止境的虚无
像极雷峰塔下回眸一笑的泪花
尘世沧桑就如在异乡某个夜晚
时光已走完了一个个莺燕回巢的台阶
临水花照人梳理秋去冬来的一次逆袭
到一个清爽的地方，寻一个清新答案
不会在乎桃花蕊里能不能嗅到点浪漫
莺莺翠翠里流连齿间痕抵过万水千山

下午时分的分手

下午时分的分手是一枚血玲珑
坐在奶茶店隔着玻璃看着情侣透过了心窗
数小时的精致装束和胸脯前一层层的敷粉
男人有了表演的技巧女人有了歌唱的功底
在蓝山与卡布奇诺之间飞出凤尾蝶的缤纷
谈及誓言的时候背叛和楚歌打着响指路过
曾经自以为是的温暖折叠了好多遍
剥落的岁月独自用透明的玻璃瓶收集
把自己和自尊扫进了西蜀的纸篓
墙角一隅的小蜘蛛正弹着爱如潮水
披戴你的美丽拨亮路灯繁华如梦的光子
有多少人前故事是在电影里重放
沉迷在被精心设计的幻象地方
活在抖音里，永不卸妆

倒叙

曾经的旧漆尽藏在了桌椅里的裂缝
火焰远在大地尽头不知所措的战栗
雪焚繁花使一切潜在对峙无法松懈
从头开始剥洗内心的每一段独白
狗的叫声，和月光一起掉进洞里
拖不动脚下泥泞滞重的旧鞋
墓地送来了春天却带走冬天
愉悦到了凄凉时却又如此惆怅
丝丝惆怅神神地扎入血肉
空身即法身的测量
冷热永不均的反复
以境随心转的刻画
人生没有倒挡只有倒叙
才是生活中无法选择的叹息

熟人的安宁

无以退守的四月，繁花欲尽
晶莹欲坠的形容词打破茶盏
期待钞票在脸上重复地刻印
奈何桥畔素魄清魂的曼珠沙华
虔诚地拍下岁月吟歌的阴影
遗忘，浓烈到忘记古老的谶语
一定生成了某些古老的物质
把脸当成不需要赡养的母亲
不要去打扰熟人一起老死的安宁
体面的潮湿只是你眼眶内的潮汐
俯拾皆是岁月发黄的天际
午后的慵懒囚禁在物质的谎言里
人间歌舞升平，艰难的回忆
上一次万箭穿心是在什么地方

陌陌

自拍的老少女，和路过的小妖精

把遗弃得深不可测的落寞

扯掉了鸠的标签

和水里的骷髅玩偶混成好友

像午夜渗漏的月光

琴箫暗哑从夜的触角延伸生长

被钻破的阳光碎片落了一床

在沉闷的陌陌时代

几乎梦呓的爱情，更加

无歌无声，不痛不痒

多少善良的琐碎念头

才能堆砌成一个可以妄想的生活

试图打开一个人的南辕北辙

焚烧月牙，提前学习曲终人散的弹奏指法

视而不见是另一种相见恨晚的优雅

清香的纸钱

微信登录页渲染着深蓝的相思病

隐藏在太阳光线里的细小颗粒

用三寸金莲的鞋口，跳给这个世界

春姬优雅的空舞起脱衣的姿态

伞是一把曾经与你一起撑过的屋檐

伤口幽长，疲惫操劳，细碎而忧伤

每一条抵达的路都有着九曲的蜿蜒

坟前摆案，置两盅三碟四碗

紫薇花捧出满枝雪白

数成一摞摞的清香的纸钱

制作一副骨骼多数时间都在调制骨架

散发一缕安息香早已掀开灵魂的模样

深深痴迷天神裙摆的百合

把青草和黎明混为一谈

到底谁放牧四季

喂养流浪到门前的雪

春歌

春歌如令，绝望花茎垂过残墙断垣
死亡的火焰遁入幽暗的森林
幽幽的光里有粒尘埃在微微晃动
飞天酒的基数在正仰望贫与富的台阶
把印有牡丹和凤凰的国民被面甩进河里
千里马变成恐慌的老鼠，进入恢复秩序的心
阳光和新发的荠菜有同样的表情
不等式的那边的静谧是四两八钱
细密的沟壑在皮下贪婪掘进
吞下一匹马胸口孵化的蜥蜴
向棉田射出心怀叵测的雨箭
就差你俯瞰野花朵朵的语言
每一场雨后那雀跃的清新和自我修复的本能
竹笛断续了谁的看见
和解，是一个永不过时的命题

云心出岫

妩媚的雾低低进了山脚
踏着雨露一步一步
爬过一片废墟和瓦砾
涂抹一缕炊烟的旁白
丁香花缓慢地打开自己的身体
低头寻找光芒迸溅的跫音
似在采摘远天流传的绯闻
契合着一场秘境里
禅意的修习，云心出岫
青花瓷的夜晚足够真实
微醺，陶醉，不愿醒
再与人间寥寥月色
长眠一场
打马而过的红尘

凡人

这个深埋我心中的名词
有别于让人颤抖的大笑、假笑和傻笑
间或有凄切而又高贵的阐释
饥饿的时候是挥霍五千年贬义的形容词
时常当了一回空头介词
给别人搭起了过河就被拆的连词
成功把自己规矩成一个规矩的代词
却至今没有勇气说出那个动词
凡人无论怎样打扮
都不会成为满脸福相的天使
一杯薄酒里的被人鄙夷的寡欢
是无数粒稻谷卑微虔诚的献祭
曾经的书写
让我知道该为谁而咏,为何而叹
从来没有这样凝视一个词
更从来没有这样凝视一个时代

清明

脚边冢坑的荒蔓滋纵

心思晦暗的行路人嗓音嘶哑

浓密的树汁往树皮心跳之处奔涌

沿着风声走下蔷薇

几只燕子衔来的一段旧时光

蝴蝶在花瓣上折断了翅膀

在书中读一枚月亮

蒲公英是醒来的代表词

神是个小孩，已经睡了

这芳香的四月

纯粹的人间

把忧郁的茶水

关押成诗歌

爱

这个下午我的心忽然抖了一下
雨，说起二十年前。长安山的小街上
急匆匆捡拾云朵一样洁白的贝壳扇面
风吹进十四号楼半开的窗
采撷来自遥远天边的光华
背叛在春水里涨起来的时候没有一丝声响
清澈与衰败的每个事件都连着十指
骆驼、狮子、婴儿与尼采给命答案
年轻的女孩最擅长做一名农夫
四处苦苦寻觅一条冻僵的蛇
幸存者体内积存了经年的雪
时间在孤独中独自安静柔软
还原那些枯淡、动物般非快乐的手段
鸣叫的救护车构成路灯空旷虚伪的怀念
不知哪个傻瓜会在春天的坟头悄悄活过来
爱，是一种缺乏安全教育的
丧命冒险

旁观

对着被拉黑的微信聊天框发呆
埋在婚纱照的日子早就捂酸了
微茫的情分早就熏成山西老醋
强者就在法庭对面的板凳上等
义愤填膺地描述一个婚姻噩梦
就像描述一次要命溺水的过程
泪声俱下地提起多年的往事阴暗
唱念做打俱佳地讲述不爱的琐碎
可惜，无论怎样加强演员的自我修养
在描述那些遇见、微笑、心动、背叛的时候
他们都低垂着眼睑
做贼一样不敢多看
一个个等不及走出这一站
巴不得赶紧画押日月
下一站那朵花马上要生根发芽
弱者徒劳的投入是一张网
总发出作茧自缚那悲苦的咯吱
人生沉降的时候才开始醒悟
身后原来一直睡着生活的猛虎
能救赎的不是美学也不是法学而是厚黑学

美狄亚的眼泪落下
顺着春天滴落在一个个苍老悲苦再无油水的上额
干杯
如果你恰好喝完了合卺酒
太阳最会划伤仰望者的眼睛
把生命祭献给哈迪斯吧
魔度众生
暗戳戳的强大
爽歪歪地打赏给别人一个木已成舟

落款

雪线后退，赐给了我潮湿的记忆

又抽不出几丝华丽的诗句

夕阳却签署了落款

橘黄色的灯光有时会忽闪

诗人不是种身份

只是生命状态

灵魂作为暗物质而被寄存

有白开水，红酒，威士忌

如同你在我身体中

种植小剂量的毒素

黄蔷薇病了，迷错根系

手持了沾满鲜血桃枝的男子

敢不敢踩着舌尖来

不言及五谷杂粮

先走

心底里那个毒汁淬透骨的人
也曾在你的记忆里得过满分
那些感情末路的哀鸣、撕扯与挣扎
那些互相欺骗的厌恶、荒唐和挥霍
你的生命被背叛切下了一小截
就养万物的鬼骨，炼笔如刀锥
仇恨随着针尖破土
升腾起淡淡的唏嘘
谁不是带着使命上路去寻找利益
选择利己的庞然大物及其聚合物
这个世界的型男索女
都在虚伪虚荣与世故世俗中
一直挣扎到 ICU 的门口
佝偻着脊背
向慢慢走近的对方挥手
祝他先走

成佛

装扮了兰心的稀客

吹来了车马外的江湖

抱锦被面壁年月深久

最初的温柔总会妥帖

昙花分泌出情人的汁液

子夜用隐忍和安静兑换香气

遇见什么样的妖精

就签下什么契约

倒一杯酒

敬一敬从盛开到枯萎

送一送从遇见到离去

醉了就去长生殿

看见一缕玩世不恭的春风

立地成佛

底片

相见恨晚是三月的樱花

被爱傻死的人因此复活

雪豹慵懒的脚步

就像抚摸自己曾经的痛楚

折折皱皱地表白

不过是又一次隐约的疼痛和用力

繁华落定就会挑剔月色任性

保持疏离才好适应冷热无常

包皮里的树还活着

以阳痿的硬度寻求延续

那些雪花

还指望再来一个傻子用体温去融化

只是短短一场春风

就别觊觎别人的人生底片

都二十一世纪了

锁骨

脱离白日的交谈和防范的夜晚
以青黛为笔，把睫羽撵进荷塘
锁骨，与月光隐秘相生
才能退去所有的遮羞布
找到水银一般精致的伤感
撒娇的栗色口红
是花蕾的另一种定义
当唇齿吻出了爱情的感觉
炼狱笑着悄悄走进了心里
那沉默而煎熬的空间
那浮华碎裂的声音
大提琴独奏刚刚开始
泪滴，坠入一朵枯萎的花瓣
在无人替代的夜晚盛放

红边袜带蛇

嘿，亲爱的拉尔夫

德布里卡撒特。你好

你不必假装还认识我

你的王国辽阔多汁

空荡荡的宫殿中

吹着旧时的凉风

壁炉的挂毯擦出了青铜的悲哀

每一件羊皮袄，都覆盖一小块土地

在你之后，我无法得到拯救

必须有所发现，我的笔才能兴奋起来，驰骋起来

打开一道缺口，让光回流腹部

吹走内心的葳蕤

在我之后，你无法得到拯救

长廊干净，木槿散发香气

每棵树都披着长发。用鳃呼吸

将盲从、否定的游戏

无止无休上演

那条加州红边袜带蛇的颜色

神灵一样骤闪而绚烂

迤逦奔跑，用一种丝绸的温和

二郎的神

我是神仙这群体身上一钱不值的嶙峋瘦骨
权力的母亲早压死在山下。无人认领
手脚。正在三千丈白发里无所适从
亲戚。那个玉帝老儿想把我剖开
剜去五脏六腑。以便在我体腔里晾晒衣服
践踏成凋零又诚实的新泥
我连影子都被踩疼好几回
无数个阳春三月。我只配缄默不语
空空的身体里没有炊烟，麦穗
放下经文和真言。安于尘缘
我知道。理想不说出来也不写出来
就被尊称为冥想
呸。约等于死人的思想
但。却能养好一个个深及骨髓的隐伤
渐渐地，他们被我额头上的独眼摄取
养育出一颗孤寡的，蛊虫的野心
现在。我大笑着伫立昆仑山口
等待天宫坟头上的那抹的青绿

萝藦的萤火

萤火虫发出蓝光
点燃。胃里酒精蓝色粉末状的味道
身体中流窜着小窃衣的毒素
在某个时间穿过心脏
躲在鱼背青天的一侧
吻你卷曲的发梢
呻吟。精灵一样空灵
湿漉漉的森林里
凉凉的手指抚平所有新生
像拈酥糖一样
指腹间有了黏腻的末儿
幻想中的慢镜头已经死去
死于一次纯净热烈的毁灭欲
四处弥漫晦明不定的甜甜萝藦
就差再焚一炷麝香

小奶狗

把腰线放进孔雀蓝
月亮从旗袍的小腹，咬破个洞
一半玫瑰之吻
一半是绯云上的甜腻纽扣
沉浸式的抚慰。冷静如真理
那只幼齿的奶狗
摆出最亲昵的姿势
就像献媚于心目中的狮王
迫不及待引领我检阅。它自己的躯体
语言。关闭。术业。隐喻
站着的和躺着都是一种绝妙的高度
卑微。温暖。野心。那酗酒般的爱
在芦苇茬里互相疗伤
阿拉比卡的咖啡豆。蜷着脚趾瞌睡着
它将香气一勺一勺喂饱我

收割机

长椅上已寻不见那一对穿校服的情侣
攀爬的青藤扭曲着腰肢
耗尽了做作的情感
那缱绻于绣箍里的鸳鸯
还在记录纯粹的白日梦
那些苦心经营感情的恋人
从开开心心地熬夜。变成了
提心吊胆地查岗、推拉
以为对方化成灰都认得出来
实际上化个妆就认不出来了
罂粟花的笑容
吐出加密的咒语
故事绽放着静静远去。看
又下线一台高效的情感联合收割机

余地

清明是骄虫神的意象
千山暮雪的一夜焚风
撒下一颗金花茶种子
干枯地盖了一所茅菅
住过宜修的漫天神佛
几两碎银在钵中滚动
阅读自来水的说明书
鸡毛蒜皮碰撞出的怒火
在余晖里燃烬人生的余地
与虚无的时间周旋
只能自己宽敞自己
看，花开三两朵
有咸涩的风拂过
借钙质给疏松的骨头

绿茶的戏

一杯绿茶。两个人的皮影戏
从刺的深入到火的燃烧
阴暗而潮湿，头发眷顾的秘密
不是忏悔，不是宽恕
阅读我们之间的空气
发现一种陌生、疏离
以及一闪而过的凶狠
一个盈缺之间的微妙本金
无法到达被截去的毛边部分
青苔寂寞了月光
雕刻地上散落的话术剧本
突如其来的哭泣
来不及被自作多情的时间拧干
灯火如莲
你正一寸一寸逼近它

百年好合

拍出陶瓷的光泽
遽成飞天的云朵
凤尾蕉张张狂狂地开枝散叶
寄居蟹探出惊愕的头
爬山虎的手掌布满骨丝
作为花朵和云荒的读者
不想目睹自己一生的凋零
用带血的手指扣紧石壁
穿行在墓地和教堂
疗蚀伤痕累累的翅膀
在向阳的墙根降落
打开生命的通道
让疯狂的暗流
获得舒展的喷发

引诱的虚构

那些似乎已经抵达永远的虚构
多么像我眼里落下来的感情
皱褶的天空。端正且绵延
做旧词牌。也做旧木窗
沉默的圆蒲，围坐着月亮
口吃的木鱼先告辞了
睡在流星点缀的签筒里
和解的袈裟掉进梦的井里。很深
空气闭眼都能盲打出你的名字
有二次发酵的凉
爱情在那里，还有
低调的小墓碑
只剩下风和风里微小的颤动
讨论着饱满的麦子

结婚

不想错过同化的雨
从一个口子爬进一个瓶子
一只啃噬苜蓿的山羊。小河，微风
头发接近灰白的趋势
浦城米粮。拌上闽清酸菜
捧满掌心的黄金蚬子心事
在记忆里挖了一个粗糙的水槽
生一个小娃娃然后给他洗脸
这个斜度所窥视到的平淡
不再有春风细柳的温柔
大人用麻木交割微笑
孩子用甜萌交换礼物
在这个世界踩满脚印
最终。再恨恨地擦掉

繁殖

打个结，记下推磨的圈数
画面上有零星的绿
大群的羚羊冲过来
大家一起坐石头玩玄学
忏悔，歌唱，哭泣
抛开诗句和分行
这是件幸福的事和任务
汉穆拉比仅存的一部法律
缓解不了过度放牧后的疮痍
花朵长出泪痕，忧伤葬在草坡上
金钱和生命的公式从未如此残酷
没有人能写出如此美好的病句
一条毛色肮脏的老狗
当然比人更渴望生殖

水色妖唇

沙子白成人妖的皮肤
硝制着柔软的水波
诱惑蓝天亲下来
切割大海和岛屿无法嵌合的世界
剩下晴天的澄澈
一场黑黢黢的审美倾向
和失去快感的爱欲一味地纠缠下去
把手放在时光的掌心
使死亡清澈见底
清冽如符咒的血。滴滴沥干
既然。一群人，用活着的方式
演绎阴间
那么。爱我，就化成一方为我哀泣的孤坟
在一穹匀静的澄蓝里

钋的恋爱脑

蜜蜂看到裸体的月季

仅一枚就击中目光

廉价的羔羊还在油画里浮动

叛逃的人总会典当出周身的表演艺术

脆生生，湿漉漉，一帧一帧演绎着

闪转腾挪的修饰句式

倒打一耙的精致故事

广袤与空虚。漫过脚踝。蔓延到心脏位置

胜利者加持着钋一般的光泽

被蛊惑被伤害被摧毁的时代

谈论自己像分享笑话一样令人感伤

那种叫忠诚的愚蠢

还没有枯萎

又接着萌发

别致

沐浴后的优昙
画下了 A4 纸的腰身
登上雕花别致的砖阶
枯败的表皮下面
正在顽强生长的晶莹
或者，太阳初升的柔润
赤裸着圆白的脚趾，焚香殆尽
慵懒的样子。天然的茉莉
缠绕成丝藤。芍药在叮咛
堕落的情绪揉碎了一地惆怅
所有诠释和平仄，借酒的诗
游戏里，歇斯底里地释放
凉凉的寂寞走进了蒲公英约定
在你足上，文下了我的牙印

故人

比目鱼早就不在水里了
相思鸟早就不在树上了
两条腿的人和一条尾巴的狗
正在举杯畅饮
许多颜色的伞移过下面电影院
那么多青春无处可去
那支蔷薇。安静的倾听着
陈旧寂寞的雨滴拨打 120 号码
不敢大声地告白
我差点儿
就把你当成了故人
月亮说，快了
在幽深绵长的夜里
有一些秘密夭折就不是秘密
有一些人猝死了你就幸福了

透明的肺泡

八月的阳光无遮拦的落下
酒精无色无味地汹涌
飘落三角梅花瓣的长街
慵懒、迷蒙和少女的香
故旧的往事里。析出疼痛。柔软
红蓝色，有些发白的薄薄棉衬衫
深深懂得描画的渴望
给我。你纯洁的目光
抱着你的时候。颤抖着想哭的部分
像极了试图穿透躯壳的胸针
一只朱鹮飞来
衔走了美梦的下阕
多少许诺都是纸巾发起的廉价演绎
那些爱情的透明肺泡
往往说出人间最黑的话

省油的灯

傍晚的无言推开陈旧的记忆

沉默的繁星再次如约莅临大地

在这月亮扶摇直上的夜里

牌坊的阴影丝绸般透明

房顶飘过思想的踪影

木床拱起

被褥活像种马的尸体

押注午夜的猫头鹰

送来至暗的消息

没看清是牡丹亭

还是西厢记

就重金请彼得潘到睡前的童话里

当所谓感情撕下画皮

没有一盏灯是省油的

多巴胺解读

独自一人
赶往灯火阑珊的火车站
以一种华丽的语调
装饰衣扣上的玫瑰
在清风中翩然驻足
读一双胜过繁星的眼睛
那些渐渐淡下去的花香。是我的
缓缓压到我肩带上的海棠
肯定爱你。用一千盏琉璃杯
反复强调月光。反复地想你
夺路而逃的日子
晃荡着不知所措的门
大脑皮层流动的一个闪闪发光的喻体
试图逾越不可思议的进程
赶快
乘多巴胺还在

孤独，安之若素

在窗台上摆上一盆最冷色的风信子
未曾确认过倒回磁带的乐队
声音很快被拖进疾驰与疯狂里
一点点试探着无处可躲的我
剩下语言在纸面上拾级而上
喋喋不休。倒叙着多情的人生
在荒草蔓生的年代
只听出确切的烦躁
如一条小船。在马里亚纳缓缓下沉
孤独阻隔在物种之间。不可逾越
两片苍白的霜胶着在一起。没有声音
死亡的深情不必注解
在落雪的午后
安之若素的喝茶

卷帙的臂弯

反复吟诵一个人的名字
在枯黄的时节落入湖底
明亮的。晦暗的。要流泪的
许多朝礁石扑过去的渺茫浪头
冰凉的双手和夜色一起淡去
在寂寞的时光里化为尘埃
爱恨纠缠的荧幕上人生起落
温柔缺墨的笔尖里覆水难收
风霜嵌入时光的肋骨
丝竹绵软。笑容破碎
惬意地领受初秋的风
铅字里走样的乡愁
以及，秘而不宣的蛊毒
卷帙臂弯里才有我要的纯白

古曼童的歌

婴儿的冰凉小手第一次接触空气
披肩的长发穿过黑夜
飘荡在水井的头顶
对面的老房子里
闲闲的芒果唱着忧伤的歌
睡得最寂寞的那朵花
带走了二十一根弦外之音
教堂的尖顶划伤笑晏晏的话本
田螺痛得找不到眼睛
曾经的年月日。以及，那些过往
能如此消散
就能如此重生
时间慢慢从这个小时移到下个小时
凝结出一只诗歌的篮子
装下这些黑色的文字

作茧自缚

书籍和夜晚

为我设置的虚妄之念。低烧的温度

无限的，黑色丝绸般的长空

素手。无须着墨

也微澜横生

一些人在吐丝

一些人在自缚

枯脆的翼

在尖叫声中，弹出漩涡

徒劳地翻过自己的一页

不再去想念那些旧的温存

或者微笑

一切都将成为过去和将来的翻版

一种目光与另一种目光

开始了没有尽头的若有所失

时间的过往

沉溺在往事的深渊里

隐藏某个不能确认的抽屉

猜不透三千青丝的手指

会燃烧自我的名字

表字一两

姓氏二钱

对你的挂念半斤

用第一种方式

表达最后一种方式

骗人的数字充满诱惑

那辛酸的轻语微微扫过

不祥的杜鹃的翅膀

二十四节气轮转的盛宴依旧开始

一只新夜莺落上春心萌动的枝头

在一个别人旧伤里

绽放的一生的幸福

写给旧日的疏影

暗香长在时间的骨髓里

白莲点着清水

女王转世般的妖娆

在平静的池子上

扫净那贪嗔痴慢疑的蛊虫

此刻。我们同时抬起了头

梨花落满蛐蛐的触角

偷走花瓣的风。一路暧昧

将孤独晾在深夜里

让月光杀死寂寞

星星与长河

活成那个鼓盆而歌的庄子

帮助那些不成对的象

锁住镜子里的春天

吹口气的爱

喜鹊的羽毛粘在一起成了便桥

玫瑰填补不了裂缝

萤火虫提着灯火

飞过梁祝的孤坟

捞取地底下的过去

碰到一只只失足的青蛙

蝉的翅膀在蜕里颤抖

绿篱上一只只紫蝶风尘露宿

把月光演绎成一种妖气

多年的寒痹随一缕晚风

拂在疯长的蒲公英叶尖上

可悲吧

别人吹口气的爱

竟然是你停不下来的理由

外扩的情愫

往事总是那么凹凸不平
把原野向后蹚了蹚
犁翻耕出打盹的蚯蚓
一个人。倒退着走路
时间苍茫的灰烬
撒下米粒，喂饱刚刚露头的新芽
墨绿色的胆汁
剔除身体最坚硬的部分
养育一颗孤寡的野心
未说的孤独。饱满。隐忍
在重帘之后
举起了鸡尾酒
校准夜的琴弦
饮下那向外扩散的情愫
与一声枪响

变质的音符

影子在巷子的尽头飘逸

空旷从心底冉冉升起

夜间飞蛾

化作早行者的警示

剩下的记忆充作夜幕的眼睛

束成一团的乌黑云朵

是谁盘在天际的秀发

纠缠着七月的黄昏

一路盛开的妩媚

替代了变质的音符

时间总在离群索居的地点

显出原形

撒一张大网

砸中爱情那条摇摆着虚胖的尾巴